新百花散文书系

周涛散文选集

天津出版传媒集团
百花文艺出版社

图书在版编目（CIP）数据

周涛散文选集 / 周涛著.—天津：百花文艺出版社,2011.9(2017.10 重印)
(新百花散文书系.当代卷)
ISBN 978-7-5306-5918-2

Ⅰ.①周… Ⅱ.①周… Ⅲ.①散文集—中国—当代 Ⅳ.①I267

中国版本图书馆 CIP 数据核字(2011)第 183283 号

选题策划:靳立华　汪惠仁　　**装帧设计:**刁子勇
责任编辑:鲍伯霞

出版发行: 百花文艺出版社
地址: 天津市和平区西康路 35 号　**邮编:** 300051
电话传真: +86-22-23332651（发行部）
+86-22-23332656（总编室）
+86-22-23332478（邮购部）
主页: http://www.baihuawenyi.com
印刷: 天津海顺印业包装有限公司分公司
开本: 787×1092 毫米　1/16
字数: 177 千字　**插页:** 4
印张: 14.75
版次: 2012 年1 月第1 版
印次: 2017 年10 月第3 次印刷
定价: 30.00元

自序

写作是一件寂寞的事业。如果能称为“事业”的话，那也是各种事业当中比较寂寞的行当。写作是个体的，独立的，它没法子找人帮忙，也依靠不上任何团队的力量，只能靠自己。默默地，一个字一个字去完成，像个砌砖工。没有极强的心力，哪怕是虚幻的心力的驱使，任何一种重要的写作的完成都是难以想象的。

既然如此，为什么世上还有那么多写作者投身此行呢？我以为，是自由，心灵的自由，创作的自由，迷住了他们。哪里还有比这更自由自在自主的事呢？一沓稿纸，一支笔，可以天马行空，也可以夸父追日；可以歌哭笑泪，也可以穿越时空；可以风花雪月行云流水，也可以打碎了泥团重新捏弄一个世界……所以说，文学固然寂寞，但是自由拯救了她，自由给了她生命，给了她无穷的魅力，给了她永不衰竭的力量！

尽管如此，文学仍然是寂寞的。没有鲜花，没有掌声，没有明星光彩照人的容貌，没有官员前呼后拥的气势，也没有人家巨商一掷千金的豪阔，这些也都罢了，最致命的寂寞不是这些表面的浮华，而是，听不到回声。你的心血，你的呼唤，你的美，像蒲公英一样被风吹向远方，你看不到它在哪儿落地、生根、开花、结果，它们发表了，出版了，也就飞走了，不见了。你怎么能知道它落在谁的手上？又怎么能知道长在了谁的心里？你怎么能知道它在另外一颗心灵里产生了多么大的能量？不知道，几乎不可能真正知道。轰动只是一种假象，评论大部分是些非常规范的客气话，真正感人的回声基本上是听不到的，而历史公正伟大的回声，是你生命的长度所不可能抵达的。

这就是文学。这就是文学的寂寞。从文者因而也就是自觉或不自觉的殉道者。开始时，许多人是因文学表面的名利所诱惑，之后渐渐深入，便鄙弃了那点小名小利，逐步成长为信徒和殉道者。舍弃浮名，得大自在；享受寂寞，得大欢乐。格局渐大，出手必是雄文；器宇开阔，吞吐自呈虹霓。到了这番境界，文学的寂寞还成什么问题吗？真正的文化创造者理应不求回报！

我这么说，并不是说我已经有了这个境界，但是我理解了这个境界，并努力靠近。现在，百花文艺出版社鲍伯霞女士编选了这本选集，我希望这本书是一枚蒲公英，借百花文艺出版社的风力，把它送向远方的读者。亲爱的读者朋友们，你们的手掌你们的心，就是它生根的土地。愿你们能接纳它，耐下心来读完它，那么，你们的感受，就是对它最高的评价。

目录

新百花散文书系 当代卷

周涛散文选集

大树和我们的生活

我们不但是今天生活在这块土地上，而且过去生活在，并且还要永远生活在那里，在整体之中。

——列夫·托尔斯泰

如果你的生活中周围没有伟人、高贵的人和有智慧的人怎么办？请不要变得麻木，不要随波逐流，不要放弃向生活学习的机会。因为至少在你生活的周围还有树——特别是大树，它会教会你许多东西。一棵大树，那就是人的亲人和老师，而且也可以毫不夸张地说，它就是伟大、高贵和智慧。

更早发现这一点的，是托尔斯泰。他在《战争与和平》这部巨著中，有一段保尔康斯基公爵与老橡树的对话，就体现了树的生命对人的生命所产生的不可忽视的影响。再早些，中国历史上也有人流露过这种意思，叫做“树犹如此，人何以堪”。这证明，树的生命比人的生命更长久，从“阅世”的意义上看，人是比不过树的。所以，你若是到十三陵，看到周围静立在那里的松柏，尤其是看到那种虎卧龙盘的老柏，会不由得生出某种敬畏和感激——有什么办法，帝王们全都死了，它们却依然活着，默默地、居高临下地看着人间的兴衰更迭、生死荣辱。在某种意义上，它们就是历史，它们就是帝王。

我甚至觉得没有什么哲学比一棵不朽的千年老树给人的启示和教益更多。同样是生命，树以静以不言而寿，它让自己根扎大地(根据地)并伸出枝叶去拥抱天空，尽得天地风云之气。相比之下，人愚蠢而又浅薄，人一生都在说话，声嘶力竭，奔走呼号。没有人肯静下来想一想，没有人想到向树学习点什么，在人的心目中，树是傻瓜。那么在树的心目中人是什么东西呢？不清楚。能够清楚的是，树的存在为人们贡献了自己的全部，从枝叶到花果根干，却也从未向人们索取过什么。许多家畜供人驱使食用，但同时也靠人喂养照料。树本来是用不着人养的，它在大自然中间活得好好的，姿态优美，出神入化。那些绝崖石缝中斜逸而出的美松树是靠人养活栽种的吗？谁敢到那种险处去呢？树甚至连恳求人们不要砍伐它的意思都不曾流露——那是锯子在尖叫而不是树在尖叫。

等到大树被伐倒了，人们看到了它的心——年轮，一圈一圈，岁月的波纹荡漾，生命的记忆永存。这时候，略有悟性和良知的人就全明白了：树绝不是麻木的，而恰恰是有灵有智的。它虽不语不行，心里面却比谁都清楚。它与山河大地、飞禽走兽、风云雨雪雷电雾的关系，比人更深入、更和谐。它是处理这些复杂关系的大师。

它不靠捕杀谁、猎获谁而生存，但它活得最长久。这可真不是一件简单的事儿，它连草也不吃，连一只小虫子的肉也不吃，但它却能长得最高大、最粗壮、最漂亮。这才是奇迹呢，树不用吃饭。真正有生命活力的大树全都已经与天地风云融为一体了，它与山河共呼吸，取万物之精气，反过来又养育万物；得日月之灵华，结果又陪衬日月。若是说什么气功，树才是真懂气功的大师。

要说什么"天人合一"，人类不过从树那儿学了一点皮毛。

我在塔克拉玛干边缘的墨玉县见到过一棵八百年的梧桐树王，那样干旱的沙漠边缘,它得有多么大的修行才能活过来呀?何况它不仅活着,而且枝叶繁茂,生机勃勃,它像一个巨人一样健康地屹立着,襟怀博大,人和梯子在它脚下显得极其可笑。

它的王者风范不是靠什么前呼后拥的虚势造成的,它靠它的阅历、它的顽强生命力、它的光辉的生命形态,使人望之而生敬仰之心、爱慕之情,使人认识到伟大、高贵、智慧这些词语从人类头脑中产生时的本意。

我还见到过五百年高龄的无花果王,这件事我也在《和田行吟》一文中描述过。它占地数亩,落地的无花果使它周围散发着甜腻的腐败和幽深的清香,它的枝干如同无数巨蟒纠缠盘绕、四处爬伸。它达到了它这种植物的极致,造就成、编织成一座自己的宫殿。

但是树和人一样,同样有各式各样的苦难伴随,除了被砍伐之外,还有各种艰难。在天山南麓温暖干燥的农村,白杨是路边、渠旁、屋后、田畔常栽的树,它绿叶飒飒直耸高天。可是有一年冬天,南疆奇冷,这些适应了温暖干燥气候的白杨经历了打击。有些已经非常粗壮、高大的白杨被生生从中间冻出一条裂缝,裂缝一指宽,从树这边透过裂缝可以一眼看到那边的农田。

还有一年八月北疆下大雨,下着下着,变成了大雪。大雪里饱含水汽,落在仍然枝叶翠绿茂密的树上,雪积了很厚、很重的银冠。第二天阳光一照,十分奇丽壮观。但是不少树承受不了了,枝丫被压得劈开。银雪、绿叶之下,被劈折后露出的白生生的枝丫内质,望过去就像人的白骨被折断后的模样,一样的惊心动魄。树无声,可是你完全可以感同身受它骨折的疼痛。

一棵树在漫长的成长过程中,会遇到各种大大小小的灾难,但它要是都挺过去了,经历了时间的考验,它就会成为一棵大树。这样的大树会引起人们特殊的敬意。比如在哈密,就有一些幸存下来的百年老柳树。它们的形态确实不同凡响，一看就知道，是有特殊生命力和特殊经历的树。它们身上都有编号挂牌，就像勋章一样，代表着特殊的荣誉。这些柳树就是大名鼎鼎的“左公柳”——左宗棠平阿古柏后沿途栽下的柳树。可是当年“遍栽杨柳三千里”，能活到今天的，已经只有这些了。

你细细端详这些巨大的柳树，会从它们每一棵树的神态雄姿上，找到左宗棠的神韵，一派大人物风范。我当时就颇觉疑惑，心想，难道树也会遗传栽树人的风貌吗？要是果然如此，那树就是通神通灵的生物了。

看来我们对它们了解得还远远不够。

1999 年 6 月 30 日

忧郁的巩乃斯河

草原不管有多么辽阔和健康,它的河流,都是郁郁的,有一种无法说清的忧愁。

这条河的水面,还算宽阔,一石头扔过去,总到不了对岸。水也深沉,你亲眼见过有次摆渡还没挂好链子,一辆载重卡车就往上开,结果前轮上了摆渡,后轮下了河,不一会儿,整个车就看不见了。

这条河是有点怪。坦坦荡荡的大草原上,百米外就看不见它了;而站在河边,对岸十里纵深却一览无余。水是灰白色的,被两岸的荒草、芦苇和白杨林衬上了一层幽幽的淡绿,水流平缓而有漩涡,寂寞而又自视甚高。它从另一个国家流过来,像一支忧郁的古歌,静静地在巩乃斯大草原伏行、扭动,好像是一个同时爱上了两个人的美丽少女,满面忧伤,一肚子不可告人无法诉说的痛苦。只有到冬天,她才能硬下心肠,凝成大理石一般的宽敞冰面。

你已经来到这儿第十三天了, 每天的任务就是摆渡过河的车马行人。岸上有个大绞盘,铁链子一直从河面伸到对岸,河里是一座由两条船拼起来的平板摆渡。对面一吆喝,噢,有人过河啰。哗啦啦,你就放铁链子,然后咯吱咯吱地摇,让船过来。铁链子的声音和绞盘的声音像它们浑身的铁锈一样陈旧、年代久远,听起来很容易联想到一位缺了门牙的、害有严重风湿性关节炎的老哈萨克含混不清的话音。

那年月,草原上空空荡荡,有时候整整一上午也见不到一个人。你独坐岸边倒也清闲,反而想听听生锈的铁链和绞盘的声响。那声响本来浑浊沉重,但是平稳的河水在下面起了什么作用,仿佛洗去了那声音里的杂质,露出了它金属的质地。空旷寂静的河面上,那声响便显得好听起来,很是悠然,还带着回音,特别是早晨,有薄雾和水汽,这声响就更好听和神秘。

你就像连队派到这条河上的一个观察哨,每天在这条河上转来转去,摆渡反而像是捎带着干的。其实你不过是临时来换工的,摆渡老头会种瓜,连队请去帮忙,你就来替这老头。你喜欢干这件事,没人约束,悠悠逛逛。好不容易摆渡一趟,过河的人都笑嘻嘻地感谢,似乎是你在干什么好事。那倒也是,你不像个干摆渡的,倒像个大学生。因为你本来就是大学生。你的连队就在离河不远的那几排土房子里,一百多号人,全是大学生——"史无前例"时期的倒霉鬼,男倒霉鬼和女倒霉鬼。

唯独你忙中偷闲,得了个没人监视的美差,来和这条河做伴。很快,你就发现这条河韵味无穷。

散漫着真好,百无聊赖着也真好。这么懒洋洋地、寂静地,你听着时间蛇一般地从草丛上爬走,浪费了的生命,鸟一样在树枝上停候了很久,忽然一蹬腿,飞了,一天的光阴就飞得无踪无影。真好,浪费有一种快感。把大把大把的被人们视为金子一样的东西浪费掉,就像挽不住的滔滔流水那样,任它散漫,任它拐弯儿,任它胡乱滔滔,把什么都割舍个干净,就真的无拘无束了。

一只白色水貂,银白的。

它从临河的一截糟树窟窿里露出了头,一对小而圆、圆而黑、黑而亮的小眼睛正望着你,滴里轱辘的,自行车轴里的滚珠一般,转来转去,然后定住，直瞪瞪地盯着你，猜你的心思。

你纹丝不动，觉得应该变成一棵人形的树才好。不料，却打了个喷嚏。

它倏忽一闪，就从窟窿里钻出来，只一眨眼，就已经在一丈开外的原木堆旁，一动不动，盯着望你。你简直弄不懂它是怎么过去的，又是怎么停住的。

但是，它太美了。

它离你这么近，仿佛是让你欣赏一下它暴露在空地上的全身，全身的银白，白得像一只纯银制成的假物，毛色柔和地诱惑着你的手，想摸一下。尾巴很长，身形也细长如黄鼠狼，大小却像一只老鼠。你想起来了，摆渡老头说过，水耗子。

耗子？耗子哪有这么精神、漂亮、高贵、优美？唉，你遗憾的是人们偏偏给那些罕见的优良物种连合适的名字也舍不得起，他们给这精灵的称谓竟是如此丑陋、难听，因为他们见惯了的是耗子。那种蠕动的黑糊糊的东西，当然也是生命，但实质上是对生命的亵渎，是造物主生产出的大量废品。而它是精灵，是有独立生存能力的大自然的珍品，它不是水耗子，是水貂。它的头部，首先就不是老鼠那样的尖嘴贱相，而是有些略像狗头，银白的、勇猛而又机敏并且充满自信的头。眼睛也完全不像白鼠似的病态发红，而是黑亮有神。体形就更显得矫捷柔韧，猎豹一样。

这是一种缩小了体形的猛兽，可爱极了。

你试着朝前走了几步，想抓住它，养起来。可是你知道你抓不住它，它太灵活、太迅速，一眨眼就不见了。你不能不眨眼。这精灵就在你眨眼的刹那，一闪，躲开你，远远地又在一个意想不到的地方，露出银子一般优美的头。你要追急了它，它就往河岸的草丛里一钻，潜进水中，拖着一条水纹在宽厚的河流里游走，再不理你。

于是，巩乃斯河岸上的唯一一点可爱的生趣，被你赶走了。河流依然平静，忧伤地蜿蜒在土壁和高崖形成的深谷里。

黄昏时分，摆渡老汉的老伴从对岸的农场拾麦子回来了，满满实实的两麻袋。全是麦穗子头。

她一吆喝，你就哗啦啦，放铁链子；咯吱咯吱，往回摇。你不用问就知道，夏收的时候她故意不割干净，公家的地；完了往自己的麻袋里放，使劲拣，也不嫌腰弯得疼。她这辈子，饿怕啦。

再缓一会儿，摆渡老汉换工就转回来了。那老汉一张嘴就离不开个"尿"字，好像在他眼里，这全世界上除了尿就没剩下啥可值得说说的。你说，老人家今年多大年纪啦？他顺嘴就给你个烂顺口溜。"我？唉，"他装出一脸的倒霉相说，"老咧老咧没板咧，鼻涕多咧松少咧，胡子长咧尿短咧。"

有一回中午，尿老汉（你心里这么叫他）的老婆煮苞米棒子请你吃，炊火在阳光下燃得美滋滋的，尿老汉盘上腿就打瞌睡，头一点一点地朝裤裆里栽。一侧棱，闪醒了。

你说，做啥美梦呢？哈喇子都淌得像跑松一样？

尿老汉微眯着老眼，说咱们还能做出个啥尿美梦？还不是老大和老二算了一会儿账么。这回没带尿字，不过老大是指脑袋，老二还是个尿。

尿老汉啊，你自己整个儿就活成个球了。你兴高采烈地把看见水貂的事儿给他讲了，你说，"水貂，银子一样的白水貂！"你又恢复了学生腔调，你一忘乎所以就露出这一套。尿老汉斜了你一眼，"水耗子么。"你说你想弄一只养起来，可是抓不住。尿老汉说，可不敢抓，它又不是个耗子，人家是个捕活肉的东西呢。谁敢抓，一口咬断你的指头尖尖呢。

他不帮你抓，可是你感到了满足。因为尿老汉承认它不是耗子，而且语气中透出了一些敬佩和珍惜。这和你认为它是精灵实质是一样的。

你感到了异常的充实。

这时，你猛然扭回头，朝河对岸白杨树隔着的驿道望过去。一片激烈杂乱的犬吠声和马蹄声正追逐着奔驰过来，在幽暗的黄昏闪动如影，有惊心动魄的战乱前的预兆。

你看过去，知道是你的顾客们过来了。真正的顾客，远古时代就存在的骁勇的顾客，正从远方的驿道上奔驰过来，他们将请求你，让他们渡河。

大约有五六匹马，驮着醉酒的人，被沿途所遇见的全体纠合起来的猛犬狂吠着追咬。醉汉们，已经在马背上前俯后仰，大声唱歌；并不时猛地探下身去，挥臂鞭打纠缠在马蹄前后的凶猛大头狗。一马鞭抡下去，空中便准定刺过一阵尖厉得似乎带着骂声的号叫，“嗷——”，你觉得那狗差点儿就能骂出×你妈了。然后，一片马蹄声就变得更杂乱了，醉酒的人们隔河高叫，像一伙朴实的响马。狗们，追够了也就完成了任务，渐渐散去。

尿老汉说，这些个尿，又喝醉了。他说完就钻回他的木头屋子里去了，像见了另一种动物的动物那样，避开。

你觉得振奋，觉得感动。

你先是哗啦啦好一阵子，接着就咯吱咯吱。

醉酒的人，骑在马上从岸边上了摆渡。有的马小心翼翼，用鼻子嗅着前面试探，像近视眼一样谨慎地跨上木板；有的则昂起头嘶叫，屁股往后坐，不肯上船。醉酒的人一鞭子，那马一扬前腿，就蹦上去，马蹄上的铁掌在摆渡的木板上很响，很清脆，像一群穿了高跟皮鞋的漂亮女人，在甲板上焦急地走来走去。

你故意摇得很慢。那五六个骑在马上的醉酒者立马船板之上，移动的船体在河面上平稳滑动，载着这伙草原上的牧人，如一幅黄昏的油画，亦如一群坐在你掌心上的待渡者。你觉得那里面可能有葛里高利那小子,你故意慢慢摇,你舍不得眼前这一幕很快就消失。你要摆渡他们,从彼岸到此岸,中间是一条忧郁的河,河面还算宽阔。

你忽然觉得是这么回事儿,摆渡人们。更多的人,不仅是醉汉,而是更多的人。你用的只是两条破船拼接起来的工具,年代久远,浑身铁锈的铁链子和绞盘,但是那声音正因为久远而显得浑厚,正因为陈旧而显得有味道,它们被忧郁的河水洗炼了之后,会变得清新、单纯,变得好听。

人啊,请注意谛听!

1987 年 11 月 16 日

伊犁秋天的札记

一

对大家来说,伊犁是个好地方。对我来说,伊犁则是个留下过不好记忆的好地方。

那些令我不快的记忆我现在不想说它,因为它足够那些想编故事而苦于生活经历贫乏的人写一部长篇小说。而我,恰恰不会写小说,但是我喜欢画画——不用颜料的那种画,另外我还喜欢一点点哲学之类的东西和历史、动物学及幽默等玩意儿的杂种,总之是个四不像。

我想画点什么,从伊犁回来以后,我一直想画点什么。但是我又不会画——这的确是个天大的误会:这个世界没有把我引向一名画家的画室是它的一个重大损失,这不怪我。这种职业的遗憾对别人是不是终生耿耿于怀我不知道,对我,仅只是些微的、些微的惋惜。一个人从一个完全无从回忆的地方来到人世间,摇摇晃晃孤立无援地走到了人生的路口,道路千条一下子向你拥来,就像红灯区的各色妓女向你邪恶而彩色地招手……你也许还有更合适的职业,但你当时还太年轻,你紧张慌乱,所以就按照你的虚荣心去做了,当然也可能是本能,你在选择的同时就丧失了尝试其他道路的可能。

几乎每种职业都可以让人走得很远很远,几乎每种职业都可以用魅力或习惯吸住你,几乎每种职业都不是用常人的一生所能穷尽的,除非天才。所以天才一般都死得很早。上帝说,你已经穷尽了,你必须结束。所幸,我直到现在还不是天才,所以我还能活着。

可是我对我的职业已经开始有了厌恶感,这当然也包括对我自己——我厌恶自己在生活中扮演的这个角色,我当初肯定是有意识去这么做的,渐渐不知不觉地就扮演到了今天这种地步。现在,我停下来,回头仔细地审视着过去的一系列的自己,有时偶然能听到一些断断续续的自言自语,那好像是说"我该怎么回去呢?"

回是回不去了,这我知道。人生是真正的过河卒子,只有拼命向前;向前是向哪儿?终点当然都是死亡,谁也别想悔棋。

就这样,我们对很多东西无法选择,不仅是职业,我们鬼使神差地被固定在世界的某一点上,单线条地过一辈子。这不,我又到伊犁来了,伊犁还是伊犁,而我已经非我。我像一个和从前的我有某种契约关系的别人那样,我面目全非,心态大异,我和原来的我之间相差了十年二十年的漫长人生经历,我现在的容貌气质也和从前大不一样——我有时十分惊异的就是,人们怎么竟然还能够偶尔把我认出来呢?这的确是一桩奇怪的令人百思不得其解的事。

二

我到伊犁来过三次,每次都能非常强烈地感觉到某种异样的冰冷和温暖。这不是伊犁的自然所传达的,伊犁的自然环境永远有着它刚健的妩媚;也不是伊犁的风俗所赋予的,伊犁的风俗民情是全中国最有味儿、最鲜明也是最幽深的。某种异样的冰冷和温暖,是伊犁州府所在地的伊宁社会散发出来的、像气味一样无法看清的面部表情。这里含有风景这边独好的骄傲和自负,也带着边陲重镇见多识广对什么都不再以为然的轻漠,同时还有点儿新疆人"我不尿你"的特殊心态。

这也许没什么大不了的不好,可能每一个地方都有那么一点排他性以显示自尊。伊宁也不例外,只是稍稍有些露骨。然而很快,当你一旦深入进去,这种社会组织呈现出来的态度很快就会被它卓越的自然风采和宁静的民间情调所融化。

因此,伊犁具有非常鲜明的三种层次:官方的,民间的,自然的。虽然这三种层次(我竟然也使用了这个时髦得发霉的词汇,请读者原谅)在当前任何地方都存在着,但是似乎哪儿也没有伊犁表现得那么鲜明,那么诗意,那么独立成章而又混合为一体,像是一支变奏着三重旋律的乐团。它们分别代表着三种象征,即现实、历史和永恒。这三种时间概念如同三种颜色的水在同一河床里流动,使伊犁显得比别处丰富多姿,使伊犁有一股缓慢舞蹈着的移动感。它仿佛随时都在消化掉尘世的噪音和骚动,又随时都在制造着当代的律动和尘土,它的现实因此蒙上一层恍惚的意味,有隔世之感,一切活动的事物都有顷刻滑入变成风景的危险。

它是个供人观赏的旁观者,是个把历史无意中写在脸上的现实主义者,是个不受理论指教的随遇而安的会过日子的古典艺术家。其实我也知道,想把伊犁弄清楚或概括出来这种事,完全不是我这种没知识的人所能做的;我之所以使用了"层次"、"历史"、"永恒"之类的词,完全是为了文字显示的庄严性,真正的意思我完全不懂。假如有人一定要我解释这些词,我大概就傻了。

我刚才说过我到伊犁来过三次,这三次之间相隔的时间依次递减。不知这里面含有什么象征意味或命运启示。总之,给我留下的最简练的印象是:第一次我丢失了一个皮箱;第二次我被一匹拉套的马磨破了屁股;第三次就是这次,我觉得伊犁不太喜欢我。虽然我写出过"伊犁河是我的河"这样英勇蛮横的诗句。当时,这句诗像名言一般不胫而走,震慑住了不少善良小心的灵魂，但我今天为它羞愧，我为我年轻时的无知而羞愧。即使人们没有责怪我，那仅仅是因为人们的宽容和健忘，但是自己，难道也应该是宽容和健忘的吗？

羞愧——对过去肤浅的狂妄所付的代价，我羞愧了，但我却决不因此而去修改我的这句诗，这句诗所贡献于世人的并不是它的真实程度，而是它强烈的自尊态度和对生活有力的拥抱。诗就是这样，一方面忍受着现实无情的嘲弄、践踏，另一方面又以它强有力的攻击力在倏忽之间命中庸人世界的灵魂。诗是没有等级的，它没法相当于哪一级，因为它本身就同时拥有了最低贱和最高贵这两极。它唯一的生命力就是它有一颗真正自由驰骋的心灵！因此，藐视诗是一件容易的事，它要比藐视金钱、权力、汽车、房子以及豪华酒吧等等东西容易得多。明白这点，当今为什么会有那样众多的豪杰一致地把自己嘲弄的矛头指向诗并进而指向文学就不是一桩难理解的事了。

有人对我说，其实你的散文比你的诗好。

我理解这种称赞并且也相信，因为我的散文是站在诗的肩膀上的。我花了二十年，经历过痛彻心脾的疑惑、思考、实践、寻找，而终未能真正完成诗。那是因为在诗的领域内，我的对手太强了，他们以惊人的洞察力和才气及对现实的直觉把握向我摆出一个又一个阵势，尽是些我前所未见的棋局。

我感谢他们——这些未曾谋面的影子对手。他们帮助我战胜了一部分自己，同时也使我享受了一段时间的散文领域里的轻松自由。懂得感谢高明的对手，这可能就是绅士精神，是人的自我观照态度的一种进步，较之对对手的嫉恨、偏见、死不服气、打肿脸充胖子当然明智坦荡了许多，因为后者不过是文场中的牛二或王妈。不行就不行，这没什么可耻，可耻的是不行还硬撑，还装得挺行，还进而要领导别人。

十亿中国人里没有不行的，这真是当今一大令人恐怖的社会现象。我不懂为什么这现象还没有成为当今的“热门话题”，现在的“热门话题”总是离每个人的痛处太远了些。

三

写到这里，我耳边已经警铃般地响起了指责声：

——你已经离题万里啦，难道这就是你所谓的伊犁秋天的风景吗？

——请问，你这究竟是杂文呢还是创作谈？散文难道是可以这样随意东拉西扯的吗？

我本来想回答一下，但我假如一回答，这篇文字就更多了一条不像散文的理由。何况这问题原本是不值得回答的，倘若我能使多种文体融于散文，那是我的造化。至于伊犁、秋天、风景，我写的不正是这些吗？我写得如此丝丝入扣，文风严谨，我所展现的一个人的内心的风景，我甚至还要倾听风景的独白，追忆河流的往事，模糊时间的视线和撷取暴雨的花朵……我有一支听话的笔，它一旦在稿纸上任性起来，就是一匹天生奔放的神骏，颠跑、奔腾或弹跃，都浑然自成为美，精神若有神助，它似乎凭着天性的力量就可以踏着现实的头顶飞跃过去。

可惜……的是，我快老了。

中年是一个异常痛苦的年龄段，是个转换得难以适应的时期。成熟是需要适应的。人的全部思想和才情都不过是肉体的“这一个”在发展过程中的产物。谁能听到秋天的叹息？谁能懂得秋天苍凉的表象后面隐藏的内心裂变？谁又能破译生命在秋天发出的低语呢？

每一片落叶，都曾经历了繁华的季节，饱尝了生长的过程，欣赏或被人欣赏，残缺或完美，承受光芒或迎接风雨，被全部天空和大地照耀、养育，每一片叶子都是珍奇的。每一片叶子都是一枚由自然精心铸造的金币,在万物中发行。可是谁曾珍视过它呢?

现在,它飘落了,告别母体。

谁又能听到它断裂的一瞬间发出的惊叫声呢?

四

这里就正是秋天。

它辉煌的告别仪式正在山野间、河谷里轰轰烈烈地展开:它才不管城市尚余的那三分热把那一方天地搞得多么萎蔫憔悴呢,它说"我管那些?"说完,就在阔野间放肆地躺下来,凝视天空。秋天的一切表情中,精髓便是:凝神。

那样一种专注,一派宁静;

它不骄不躁,却洋溢着平稳的热烈;

它不想不怨,却透出了包容一切的凄凉。

在这辉煌的仪式中,它开始奢侈,它有了一种本能的发自生命本体的挥霍欲。一夜之间就把全部流动着嫩绿汁液的叶子铸成金币,挥洒,或者挂满树枝,叮当作响,掷地有声。

谁又肯躬身趋前拾起它们呢?在这样豪华慷慨的馈赠面前,人表现得冷漠而又高傲。

只有一个孩子,一个女孩子。她拾起一枚落叶,金红斑斓的,宛如树的大鸟身上落下的一根羽毛。她透过这片叶子去看太阳,光芒便透射过来,使这枚秋叶通体透明,脉络清晰如描。仿佛一个至高境界的生命向你展示了它的五脏六腑,一尘不染,经络优美。"呀!"那女孩子说,"它的五脏六腑就像是一幅画!"

还有一个老人,一个瘦老头,他用扫帚扫院子,结果扫起了一堆落叶。他在旁边坐下来吸烟,顺手用火柴引着了那堆落叶,看不见火焰,却有一股灰蓝色的烟从叶缝间流泻出来。这是那样一种烟，焚香似的烟，细流轻绕，柔纱舒卷，白发长须似的飘出一股佛家思绪。这思想带着一股特殊的香味，黄叶慢慢燃烧涅槃的香味，醒人鼻脑。老人吸着这两种烟，精神和肉体都有了某种休憩栖息的愉悦。

这时的每一棵树，都是一棵站在秋光里的黄金树，在如仪的告别式上端庄肃立。它们与落日和谐，与朝阳也和谐；它们站立的姿势高雅优美，你若细细端详，便可发现那是一种人类无法摹仿的高贵站姿，令人惊羡。它们此时正丰富灿烂得恰到好处，浑身披满了待落的美羽，就像一群缤纷的伞兵准备跳伞，商量，耳语，很快就将行动……大树，小树，团团的树，形态偏颇的树，都处在这种辉煌的时刻，丰满成熟的极限，自我完美的巅峰，很快，这一刻就会消失，剩下一个个骨架支棱的荒野者。

但是树有过忧伤吗？

但是树有过拒绝落叶的离开吗？

当然没有。它作为自然的无言的儿子，作为季节的使者和土地的旗帜，不准备躲避或迁徙，这是它的天职。

当我们在原野上看到一棵棵树的时候，哪怕是远远地，只看见团团的、兀然出现在地面上的影子，我们也会感到这是自然赐给我们的一番美意。当然随之我们就会遗憾太少，要是更多一些该多好，要是有一片森林该多好！但是毕竟是因为有了这几棵树才引起我们内心更大的奢望。

对森林的奢望，是每个人对远古生活本能的回忆和依恋。

荒野是那么寥廓；

荒野上的道路是那么漫长；

原先驻守在这片荒野上的树呢？它们曾经无比强大，像一支永远不可能消失的大兵团，密集的喧哗的笑声，仿佛在嘲笑一切妄想消灭它们的力量，而且它们拥有鸟类和众多的野兽，这些鸟兽类也不相信森林会消失。

但是时间被人利用了；

时间使人成了最强大的；

人类坚持不懈地努力着，一斧头砍死一棵树，就像杀死一个士兵，最终，整个兵团消失了，连骨头也不剩。

后来的人，谁还记得荒原不久以前的童话呢？关于树的呼吁已经很多了，我不打算重复了。我只是觉得，树在中国北方像流窜深山的小股残匪一样悲惨。

我忽然想到，当地球上砍伐掉最后一棵树的时候，人类肯定是更发达、更神奇了。但是那时人类将用什么办法复制一棵树呢？复制一棵真正的树——会增长年轮的、会发芽、开花、结果、叶子变成金币自动飘落的树——假如有谁可以做到，那无疑会成为科学史上的崭新一页。

但那将是多么滑稽的一页呀！

因此，对树充满敬意吧——从现在就开始，对任何一棵树充满敬意，就像对自己的上司那样。

五

这纯粹是一次秋天的散步。

倘使把城市当住宅，把自然当庭院，把一年当一天，那么，这种散步该多么有趣，多么必要。人们每天散步，我每年散步。

我愿意以散步的方式徐然缓行，或低头漫想，或凝神远望，虽然我并不能望到什么和想清什么。高瞻远瞩是伟人的事，计上心来是小人的事，都与我无关。我是凡人，在不冒充伟人和不冒犯小人的前提下，我喜欢独自散步。这是一种多么难得的自由啊，因为二十年前，就在伊犁某部农场，我曾经在“不许离开营房二十五米外散步”的禁令下生活了一年多，这使我略微知道了自由是什么意思。

这样散步挺好。

通往博乐的那条三十公里岔道，可以当作一条通往庭院僻静一角的幽径；

昌吉呢，是从住宅走下来时的一个台阶；

到了石河子，就算台阶走完了，踏上了出入庭院的主道；

果子沟应该是院中的一座保留完好的、长满了自然植被的小丘；

赛里木湖这一小池水，在院子里保持着它的清澈和生机；

牛羊、马匹、骆驼、狗和毛驴，是你在散步中遇到的蚂蚁和小昆虫；

只有太阳是原来的，只有月亮是原来的。

这样散步挺好。

我已经过了奔跑呼喊的年龄，我说过，我有些老了。老和不老不完全表现在年龄，而有时表现为步态——人生步态。

散步就是一种渐入老境的形态。

不再匆忙、紧张、拼搏、追求或探索什么了，已经禁不起激烈方式的折腾，受不了热火朝天的刺激；什么男子汉啦，什么西部啦，让人眼晕得厉害；或者有没有现代意识，具不具备成为大师的条件之类的全方位检查，也让人不胜其沉重。

成了又怎样？不成又怎样？天底下的章法多得很，你有你的通行证，他有他的护身符。兔子和乌龟赛跑，兔子永远是失败者而乌龟永远稳操胜券。为什么？因为兔子要睡觉而乌龟不骄傲——这就是辩证法。

兔子和乌龟赛跑本身就是可笑的，你不跟它赛不就完了吗？

不行，据说乌龟非要缠着和兔子赛跑，你不赛它就咬你的耳朵——这叫兔欲静而龟不止。

最好还是去散步。

在历史上已经著名的散步不少了：

“且听穿林打叶声，何妨吟啸且徐行，竹杖芒鞋轻胜马。谁怕？一蓑烟雨任平生。”

这是苏东坡的散步，放达潇洒的失意者，外表的泰然掩不住内心的慷慨激烈，这就叫本性难移。东坡大才，气贯长虹，他的全部失败就在于他不善于掩盖自己的强，即使散步，他也势如奔马之惊风。

还有一个孤独的散步者，他是在另外一块大陆上散步的，他叫卢梭，他的那本题为《一个孤独的散步者的遐想》的书，是值得妄图弄清自己灵魂的人一读的。他这样说道——

“我准是于不知不觉中完成了一个跳跃：一个由清醒到昏睡，抑或更确切地说，由生到死的跳跃。我不知怎么越出了事物的正常秩序，兀然堕入莫名其妙的混沌中。在这一片混沌中我什么也看不见，我越是琢磨我眼下所处的位置，我就越不能明白我身置何处。”

看来，不论是东方的还是西方的散步者，都不像竞走，都同样是一副随意而松弛的步态。

在身体放松的时候，思想才有可能四通八达，飞驰狂奔；相反，身体高度紧张如短跑时，思想便集中成一个简单的念头。

散文就是文学中的散步，因为它最平常，最自然，也因为谁都会。散步散到被认为炉火纯青的地步就变得非常困难——除非那人的步态丝毫也不造作和摹仿别人，而且在简单的散步中可以显示出深厚的训练。

相比之下，诗是追逐灵感时闪电般冲刺的短跑或者使速度在一顿时产生的转换，如跳高或跳远。而散文是散步。散步没法比赛，却更无拘无束，有益身心（这种比喻显然不是定义，勿信）。

秋天是适宜于散步的季节。

六

应该让思想的水散漫成湖，特别是当你处在人生的秋天。

让溪流聚集起来、让河水交汇起来，让雨水或雪水贮蓄起来，根据地形自然的状态，造成一个非人工的海子。那就是湖。

湖不是海——它没有那么伟大；

湖也不是水库——它要柔和自然得多；

一般说来，它躺在那儿，有一种女性的味道。这除了因为它美，还因为它使周围变得潮湿了一些，滋润了一些；更因为它使天空也变了，变得涂上了一层神秘的蓝；使近处的山呈黛色，阴坡的松林幽静，使远处的山白发肃然，如老翁之守处女洗浴。

一般来说，它躺在那儿。

它不像山那样远远地就跑过来迎接你，而是躺在那儿，等着你突然发现它。它喜欢静静地微笑着看你吃惊。

一般说来，这就是赛里木湖。

一个思想就应该是这样，经过无数条水系的源源不断的补充，经过地貌之下的颅骨加固合拢，就这样自然而然地，形成了一个圆或椭圆的、深邃的内陆液体领域。

思想之所以称为思想，就因为它是圆的。从它的任何一点出发，走完全程终点都复合在起点上。所以，思路是细长的，思绪是云烟状的，想法则呈尖锐的三角形，灵感是狭长的闪电。

瞧，被称为思想的这个东西有多么深邃，同时又有多么清澈透明！

它深邃到使人不敢轻率地跳下去游泳，仅只挽起裤腿在岸边浅涉一番，就足以使人领略到它的内涵、它强大而令人畏惧的吸力；而它的清澈透明，让人一望见底却倒吸一口凉气，那见底的明澈里，反射着无数层游动的光影、光环、光斑，造成无法分辨的幻象，使真实与虚幻浑然一体，因而更加捉摸不清。这是那种比浑浊更深奥百倍的明澈！

赛里木湖——多美的名字！

这名字本身就有一种清澈的深邃，有一种高雅的韵味，有一种特殊的蓝，令人心醉。

你是伟大的海洋在撤离时留给伊犁河谷的一滴巨大的泪珠。汪汪的，闪闪的，既像美人腮边泪也像英雄颊上泪，妩媚而又刚健；

你就是我们的海。在亚洲腹地远离海洋的地方，你给了我们一个海的缩影，一个海的模特儿，让我们按照你的面貌在想象中放大去理解海。因而，你又是本关于海的初级教科书；

当我们散步在你身边的时候，可以看到成群的水鸟翩飞降落，成为浮动在水面的一片黑点，同时浴着水色和光影。身材修长的马正垂着颈、披着长发，小心翼翼地亲吻你的水面，唯恐不慎弄皱了你的面容；

你与牧人的世界如此和谐。他们爱你，你也爱他们，你从不曾因为他们贫穷而鄙弃他们，相反，你把自己当成他们当中的一员，和他们气味相投。你就是在他们当中找到平静的，你必须平静才能生存下去，而这，只有牧人才能给你。那些城市里的"湖"，你当然知道它们的窘状和自得难解难分，它们是供人娱乐的一池，而你，才是真正的湖。

总是这样，在远离喧闹的地方，思想默默地积蓄、沉淀，变得清澈起来、辽阔起来。

所有的游客和路人，在你的身边赞叹、夸奖，似乎在这片刻，你成了他们的一样东西而与牧人毫无关系，然后，他们拍拍屁股，驱车远去，你仍留在牧人身边，谁也带不走你。

在众多的游客和路人当中，有人感觉到一丝惭愧吗？面对你，有人照到自己灵魂深处的弱点吗？若有，他可能会想到这些。

赛里木湖，人们是多么肤浅又多么自以为是呀，我愿意代替他们向你道歉，说："我们对不起你！"

它听也不听。

脸上犹自泊着宁静神秘的微笑。

七

斧头向树借一根斧柄，
树便给了它。

形状美观的，裸露的，青白的武器，
从地母的内脏中伸出头来，
木质的肉，金属的骨，只有一个肢体，只有一片嘴唇，
…………

印度哲人和美国热情洋溢的泥水匠诗人，他们两个究竟哪个说得更对呢？倘使是矛盾的，为什么两个都让人感动呢？

一柄斧头。

一个最初的人类用来改造世界的孔武有力的武器。

慈悲的佛祖的使者，东方白发皤然的诗歌圣人向我提供了前者——一幅可怕的图画。斧头的柄是向树借来的，然而斧头消灭了树。这是一个阴谋，树明明知道，还是给了它。庞大的千年古树般的东方文明，在小小的"一片嘴唇"下无可奈何，轰然倾倒。这是东方近百年来的悲哀。

那个身穿紧身工装、头戴草帽的美国劳动者呢？他才不管斧柄是不是借来的呢，他浑身洋溢着乐观蓬勃的活力，他热爱开拓，他歌唱斧头，他赞美用被伐倒的树建造的崭新生活。从某种意义上说，他就是斧头，他

偶尔也会有些伤感,断断续续,但他总的来说是进取的,轻装前进的。

树和斧头各自唱出了自己的歌,组成了人类完整的声音——多么让人哀愁又多么让人振奋!

诗人们!

假如你是树,你就不要伪装成斧头;

假如你是斧头,你也不要伪装成树。

这是我在经过果子沟时想到的。

果子沟是个树的乐园,因而容易让人想起斧头。

八

我在想,我以前来过这里吗?

我若来过,为什么我对这一切那么陌生,感受和理解会如此地迥然不同?我若没来过,那就怪了,难道过去的记忆是一团无从证实的梦?

过去的事情一旦过去了,就和从没发生过一样,除了记忆留下一些斑驳的年久失修的印象,一切都无从考证。大地不会作证,它不会记得你的名字和脚印;湖泊也不会,它给过渴饮者一捧水,过后就忘了。

你只是你,形影孤单。你以为你有过去,你匆匆跑来寻找,过去没有留下一丝踪影,它悄然飞走了;你以为你有将来,将来藏在你的眼前,你却徒劳地向前伸出手总也抓不住。

你蓦然明白,这一刻你才是真实的,除此而外你根本不拥有任何时空。而这一刻也在消失、剥落、衰亡。你只是一个可怜的小点,被无形的力量推动着,也被无形的轨道制约着。

你用手抹了抹鼻子,有点怆然。

“我就这样被注定了吗?”你心里喊了起来。但是徒劳,所以第二声你就没喊。有许多东西,人是无法想明白的,就像一只羊永远不能弄清它的命运一样,否则它首先会用绝食气人。

因为你无法漫长下去,你无力拒绝时间分配给你的那一小段,这就是人生最大的局限。你要是根本不想这件事那就好了,生老病死,人之常情,大家都一样,也没专门亏待你。可是你偏偏放着大家都想的事不好好想,专爱想别人不想的事,这就是你的毛病。

你轻视现实,就必遭现实的惩罚;

你钟情历史,却不见得能获得历史的青睐。

为什么?这不是太不公正了吗?

得,这又是你的傻处了。现实翻过去的那一页日历叫什么?历史。你——一个自以为聪明的书呆子,正自寻烦恼。

睁开眼睛看看吧,伊宁已经快到了。热气腾腾的现实生活正在展开,它像刚切开的西瓜那样鲜红水脆,也像刚出笼的烤包子那样暗香浮动。

饿了吧?

嗯,饿了。

历史不再需要吃饭,思想却会和肚子一起挨饿。

吃饭的时候,幻象消失了。一切都很真切,喉咙在食物的刺激下发出震耳欲聋的声响,胃像水母般欢乐地舞蹈起来。我听见我生命的全体部属、全部细胞都活跃、行动起来,这些亢奋的子民发出齐心协力的呼喊:食物万岁!

这时候,思想睡着了。

九

在雪岭宾馆的电梯旁,我碰到一个人。

那人有一张窄长的脸,还有一对发黄的略含悲伤无告的眼珠,除了头顶没有生角和下颌没有蓄胡子,那张面孔很容易使人联想起一只山羊的脸。

“嗨,是你吗?”我走过去拍了一下他的肩膀。

“难道是你吗?”那张脸惊愕了三秒钟,突然松弛下来,笑了。

我们都忘了对方的名字。

但是我们都在一瞬间分辨出了对方那张久经岁月摧残而不折不挠的脸孔。

记忆真是奇怪而伟大,它总是能记住一些更本质的东西,不管那本质怎么变化;却抛弃掉那些看来重要而实际上不过是附加的东西。

我们坐下来,仿佛有一些话要说。但是我们都小心地避开对方的名字,装出这不是个问题的样子。可是我们的谈话似乎没法集中,两个人都有些心不在焉,好像一边走路一边老是左顾右盼寻找什么东西。

原来我们都在极力想对方的名字。

其实,三十年前我们在一间屋子里生活了整整一年多,一块儿吃饭,一块儿劳动,一起经历了从冬天到春天的全部季节,一同经受了当时政治风云毫不留情的打击和重压。有一个夜晚,我们一起听到“林彪出事了”这一令人目瞪口呆的小道消息,那是一个神秘而恐惧的夜晚,我们一起不知所措了一整夜……那正是在伊犁巩乃斯草原的时候,伊犁的岁月和这张脸有密切的联系。可是,他叫什么名字呢?

那时我记得他会说汉语,现在他反而不太会说了,夹杂了很多维语。我说你怎么搞的?他说他忘了。

他说听说你现在当了“斯人”了。

我说,是“夏伊尔”么?

山羊笑了,你的维族话很好。

我说,好个屁,我这个大学中文系的毕业生就记住了这一个词,诗人。

然后,我们没有更多的话好说了;

再然后,我们匆忙地相互留下地址和房间号,告别了。

这一点都不奇怪,我们谁也没从对方身上找到什么,我们虽然有一段共同的日子,却各自怀有不同的记忆。两个记忆像两部电影,环境一样,主人公不同,而且是两种语言的版本。

山羊上了电梯;

我上了汽车;

在汽车里我一直在使劲地想他的名字,他叫什么名字来着?那是个非常熟悉的,一天到晚叫无数次的名字,那个名字是这张窄长的脸孔在社会组织中相应的符号。

我终于没想起来。

十

那天早晨起来,她突然问我:

“昨天晚上你梦见什么了?”

她眼睛里有一种狐疑,带着审查的味道。我有点紧张。我觉得仿佛她昨晚站在我的梦境边上看清了一切刚刚回来。她好像比我醒来得早,看到我醒来,就问了。

她是怎么过去的?一个人的梦境肯定应该比国境难逾越得多——虽然没架铁丝网。她是怎么过去的?她窥见了什么?

我有点紧张。我想,梦怎么能被人看见呢?怪了,梦难道可以拆看吗?而且我仿佛记得宪法里有一条,就是保障公民的做梦权不受侵犯的。可是……现在她一问我,反而让我感到无地自容。我觉得她问得义正辞严,很有必要,我觉得她问我梦见了什么是她的权利。

梦是不可告人的，因为它和白天的现实是那样矛盾。它完全不受理性、品质、思想等东西的操纵。它是荒诞的，无逻辑的，甚至是下流的，因而它只配在夜间、在睡眠状态中出现。梦有一座神秘的舞台，它只让一些小偷似的鬼鬼祟祟的演员恍恍惚惚地演一些荒诞剧，没头没尾，只是一些片段，而且无法搞成连续剧。

在那个世界里，理智被唾弃，道德被扔进垃圾堆里去，界限消失，神圣的篱墙被拆除。

你弄不清为什么在厕所、澡堂这些严格划分性别界限的场所里，竟然男男女女进进出出习以为常？你窘迫极了，这时恰好进来一位平常熟识的女同事，她蹲在你旁边，扭过头来笑着问你借手纸；

还有，你光天化日下在熙熙攘攘的街市上走着，可是一低头，突然发现你忘了穿衣服，全身一丝不挂。你想找个墙角赶快藏起自己，才发现周围没有人对你大惊小怪。

……这就是梦。

但是我想了想，昨晚我睡得很平稳，没有一丝梦的残片。我已经很久不做梦了，我有时甚至怀疑过自己是不是已经丧失了做梦的能力。我对她说，说得很肯定："我什么梦也没做呀。怎么啦？"

"那你为什么在梦里哭？"她说，"哭得很伤心。"

"啊？"我惊愕极了。

我拿过镜子，看着自己。脸上没有泪痕，眼睛黑白分明，没有任何哭过的痕迹。我很坚强，鼻梁挺直，眉骨高耸，面部棱角凌厉，嘴唇薄滑善辩，哪儿像个爱哭的人呢？

对天发誓，我确实没有梦到过什么伤心事，而且，我似乎什么梦也没做过。

可是为什么会在梦里哭呢？

整整一天,我都在想这件事。

后来,我想起来了,昨天晚上是有过一个梦;一想起来,就觉得那梦境很清晰了,它非常简单。

我和一个写小说的朋友摔跤,他先摔倒了我,我一用劲又翻了过来,骑在他胸上。这时,我咳嗽了一下,有一口痰涌在嘴里(梦里我还想到了这是因为吸烟太多的缘故)。我不想吐在地上,我害怕把地搞脏。我四下张望着看有没有痰盂,我没找到痰盂。

这时,我看见了他的耳朵。

我觉得挺合适,就把痰吐进了他的耳朵里。

这是一件很滑稽的事对吗?

可是她说我在梦里哭了。

十一

在广阔的草原上驱车奔驰,那是一桩最没有压迫感的事情。特别是当草色还没有完全憔悴;特别是当起伏的低冈下、道路旁、屋舍外出人意料地长满了茂盛的树木;特别是车子绕过了一座矮矮的山冈,出现一大片坦荡美丽的河谷; 特别是在这片河谷里躺着一条无声蜿蜒着的河流——伊犁河。

见到河流或想起河流,都是令人愉快的事。尤其是见到那种著名的河流,就像是见到一位著名的人物,你总是容易激动起来,急切地想看到些什么,证实些什么,进而获得些什么。

这条河就是这样,它著名,它的名望使人容易和一位出身农村家庭的未经多少打磨而以其质朴天才震撼整个舞蹈界的小姑娘联系起来。

它不是那种伟人一般的河。

但是这个小姑娘在她的条件下所展现出的丰富、完美、超出一般人的想象力的程度，却比那些在一定历史条件下应该做到而没有做到的伟人一般的河流更让人钦佩、喜爱。

它不算太长，因而它曲折回环的舞姿更紧凑，更能让人看到全过程。

它的水色不是那种清澈的像泉水一般的，也不是浑黄奔泻的，而是灰白色的。二十年来我每次看见它都是这种颜色，灰白色的。

这就使它像个不懂得化妆的美村姑，它依靠本色，依靠它和土地之间的相互养育，还依靠头顶的这块晴朗蔚蓝的天空的映照，保持着平稳而充沛的水量。从不见它干涸。

伊犁河不仅仅是单独细长的一条河，这是它了不起的地方。它成了一个系统，一个影响着周围事物的活物，它把周围的一切都纳入了它，成了它的一部分。

比如，天空是因为它才这么蓝的，要没有它，天马上就变成灰色的；

比如，河谷和草原是因为它才这么茂盛兴旺的，不然，立即将成为沙漠；

比如，村舍、房屋、房屋前的长廊、窗饰的雕刻、庭院里的夹竹桃花、地毯和壁毯、铜壶和银具；

还有那些沿岸生活的人。你来的时候他们那种平稳的表情，你去的时候她们那种平稳的态度；孩子们的笑声，妇女们走路时的姿势，以及所有居民过日子的那种安详。这一切都因为有了它，都因为是它的组成部分。它给了他们韵调、情趣、平稳而充沛的生活态度。

他们是它的风景，因它而贯穿流畅。

这种河，就是那种喜欢在沿途画油画的河。它的灰白色的河身像是镀着一层月光似的游动在草丛里，草丛吸收了它的声响，使它看起来性格内向，像灰白的蛇一样无声、灵活。

蛇其实是很美的，特别是泛着灰白色月光的这条大蛇。滑动、轻盈，缓缓扭过草原,钻入河谷,掠过村庄,爬过城市,直入国境线的那边,渐渐远走隐去,谁也不惊动,不打扰……

这是一条善良的会舞蹈的美蛇,它丝毫也不阴险,只是阴柔。它把那个性格内向的农村小姑娘的舞蹈天才一直保留下来,留给所有到草原来的客人看。

你即便不喜欢伊宁市,即使不喜欢伊犁人的某些方面,你还是不能不喜欢伊犁河——说真的,你别想从它身上挑出缺点来。

十二

我也有一本自己的历史资料,那是一个巴掌大的小采访本,上面记载着一九七一至一九七二年间的片断日记,蝇头小字,整齐而生硬。

小本的封面上,贴了一帧"金鹿"牌香烟盒的商标。里面不时有些从"上海"烟、"中华"烟、"飞马"烟盒上剪下来的商标,还有一些糖纸也剪下来,作了插图。

翻看了一下,几乎找不到自己的影子,看不见一点儿真实的农场生活。那时我二十六岁了,我为什么那么愚蠢?为什么连自己度过的真实生活的一点片断也记载不下来呢?我的小本本本来就像一个五平方米的地窝子那样空间狭窄,里面却抄满了导师、领袖和"林副主席"的讲话。

> 夫以五千之卒,敌十万之军,策罢乏之兵,当新羁之马,如此而欲图存,非奋斗不可。
>
> (《毛主席青少年时代论体育》)

> 作文出一个题目,一千个人有一千个作法。所以,不要迷信什么框框,要敢于创造,根据革命斗争和群众生活的需要,在不断实践和

不断提高中,形成自己独特的风格。

(《林副主席谈写作》)

当然,里面也有一点点零碎的个人感受记录,但极少,有些只有自己的记忆可以补充,像备注似的。

这是一节耳朵听到的:

"听一位维吾尔族果农在园中唱歌。大约是什么民歌,词意是:爱情是什么?——两个青年的春天。"

还有一节眼睛看到的:

"黄昏时分,在去苹果加工厂的路上。衬着灿烂的夕阳余晖,从过人高的草中缓缓地'游'过来一匹白马,那白马望见汽车,一声长鸣,追赶起来,满车为之欢呼。"

(备注:高草齐胸,风吹如浪。马行不见腿蹄,故用"游"。此字甚妙,可惜从高尔基某篇小说中袭来,特说明。)

另有一则记人的:

"哈勒克,这是一位林区工人的名字。黝黑的脸像鹰一样坚韧,腰间插一把匕首。无论什么时间卸车,他都会出现在楞场上。原木在他手里驯顺地转动,变得像小孩手里的积木。"

(备注:记得那是一个神情阴郁的人,浓眉,眼窝深,目含杀气,却从不多说一句话,对人恭顺避让,只埋头干活。他很容易让人想起南斯拉夫一部电影里的那个阴沉的杀手,别人问他的上司说:"但是他会笑吗?")

最后一段记了这样一件事:

"六班班长,原政教系学生吕继烈因病于八月五日去世。享年二十八岁。据说临死前,意志很顽强,表现了一个优秀共青团员的革命精神。"

(备注:吕继烈,面白、肩宽,瘦高身材,系烈士遗孤,故名继烈。因学政教，又年龄稍长，故较一般学生老练，常含笑，不多语。任班长，已负有学生最高职务，因为排长以上均由军人担任。此人根红苗壮，属于难得的可以信任的学生干部，虽已腹痛难熬，仍坚持带领一班人忘我劳动、拼命锻炼改造。后，腹疼甚剧，便每日取一土坯，在炉上烘热，揣于腹前自镇；又后，数次请求去师部医院疗救，未获准；有次得机赴医院看之，被军医反馈回连队曰"害怕劳动装病"，于是该连指导员郑万和便以"阶级斗争"新动向的社论体口气在晚点名时不点名地点出，尖唇利齿，含沙射影。自此，吕心生腹诽，沉默不言，再不含笑，坚持劳动如常。忽一日，倒地打滚，不像装的，送师医院抢救不及，死了。死后，全场开追悼会，副师长华某亲临讲话，面目阴沉如临大敌，讲话中有一句至今记得，"不许借机闹事"云云。）

那就是二十六岁的我记录的生活，可以说，我那时已经非常老练，我的日记无懈可击，比社论还正确。随着以后"革命形势"的变化，我在"林副主席"的林字上补划了×，这就更正确了。

可悲的是，我等于什么也没记。

"梦！永远是梦！并且，心灵越是充满妄想，梦幻越是把它和现实远远地分开。"

我想起波德莱尔这句话，口中充满了苦涩的滋味儿。

十三

在伊犁草原上，毡房是相当分散的。

毡房不是村落，它总是孤独的，像是在躲避什么。它总是散落在一些很远的、不容易找到的地方。

但是你知道的远道来的客人在当地人的陪同下，又总是能够找到它们。

有一个节目要在这里上演，一个对城市人十分有趣的、难忘的节目要上演，谁也无法推辞，所有的毡房都知道，这件事它们都懂得。

会在某一天，某一个时辰，这说不定。草原孤独的角落响起喧哗声、谈笑声和汽车引擎的声音，声音混合成一股力量，向毡房走来。

一般说来，狗会先叫的，但是很快它就理解了主人的呵斥，知趣地走开，卧在一辆木轮车下。

一般说来，羊群开始交头接耳了，当然声音很低，不会让客人听见，羊们开始预感到某种不幸。

一般说来，毡房的门帘将被掀开，客人们互相谦让一下，便走进去，踏上花毡，盘腿而坐。客人们开始谈一些离毡房十分遥远的事，开始喝茶，互相让烟，然后很耐心地等待着什么。

毡房的主人全数到了外边，只有两个妇人进进出出。她们为客人烧奶茶，一碗接一碗，一般说来，她们不插话，态度谦恭但是不笑。她们并不非常热情，但没有失礼的地方。

大约要过很久，正式的节目才会开始——一只刚宰的煮熟的羊会用托盘送上来，客人将发出一阵欢呼，仿佛他们全没想到而实际早想到了节目会是这样精彩。于是，一场吞食肥嫩羊肉的表演开始了，只不过是，这是客人向主人表演。

主人们看大家吃得兴高采烈，似乎表情也有些开朗。这时，客人招呼主人一起来吃，主人有些羞涩，似乎不好意思。一般来说，她们只吃一点，而且是边角料。

最后，当节目演到尾声，客人纷纷起身，临别时会说许多比刚宰的羊肉还新鲜美好的语言，一般来说，是这样一些话——

“欢迎你们到北京的时候来我家做客啊！”

“亲爱的朋友,你们真是我的好兄弟！”

“各民族大团结好！”

“到了乌鲁木齐不到我家,我可不高兴啊！”

但是,一般来说,谁都不会记住对方的名字。对于毡房来说,所有的客人都是一个人;对于客人来说,所有的毡房都是一回事儿。事情就是这样,除了节目还会演出,其他的,都会被双方遗忘。

所以,毡房总是散落在一些很远的、不容易找到的地方,但一般来说,又总是能够被找到。在世界上,谁也藏不住,这你知道。

十四

有人告诉我说,他现在当了一个州的州长了。那人说,他当初和你在一个农场锻炼,你记得他么？

我说:记得,当然记得。

许多人都被我忘了,为什么偏偏记得他？是因为和他很熟吗？不是,我和他几乎很少说过话,而且也很少在一起。

但是我对他印象太深了。

那是一个哈萨克小伙子,英武,个子不高但很结实,像一个足球运动员。他有一头褐黄色的头发,脸上的线条有力而充满生气。那时,他得到一份令人羡慕的好差事,就是当了师里到农场的通信员。他每天的任务是骑一匹快马来往于农场和师部的土路上,不用劳动。

这使他非常像个骑士。

而且他骑的那匹马简直神气透了,像他一样无懈可击,那是一匹威风凛凛的马。他每次路过我们连队时,都下马,和大伙一起聊聊,他没有一点得意的样子,而且,没有怜悯我们的眼神。他每次都潇洒地从骑士马鞍上下来,一下来,就让我们感到他是自己人。

他不拒绝我们骑那匹马，只是说，“小心点儿，它很厉害！”

马身上流着汗，弯曲着强壮的脖颈，口吐白沫恶狠狠地咬着马嚼子，我们不再坚持骑它了。

有时候，我们对他说，“表演一个！”

他会让我们把一个旧麻袋扔在地下，然后他纵马奔驰过去，一俯身，伸手捡起麻袋。大家赞扬他，他也高兴，但很得体，末了他会说，哈萨克人都会，都会这样。

那时农场的土路上，经常看见他的骑影。英俊、热情、生气勃勃的他骑在强壮的骏马背上，奔驰着，驾驭着自己的命运。我们谁也不妒忌他，每次看到他，都感到某种安慰，仿佛是一个希望仍骑在生活的背上……

有人对我说，你不去看看他吗？

我想了想，说，不去了。

并不是因为他现在地位高了我就有意躲避他，我觉得自己的心理没那么虚弱。那是为什么呢？我想了想，大概是因为担心。

我害怕那个非常优秀的哈萨克小伙子消失了，害怕看到一头褐黄色的头发变成秃顶，结实的筋肉分明的脸变得臃肿，害怕看到一个威风凛凛的骑手钻进汽车里的样子……将近二十年的时间，会使许多东西发生变化。只要你没有目睹这变化的结果，那个年轻的哈萨克骑手就依然活着。

你会觉得，他还是骑着那匹马，奔驰在草原的土路上——视察工作而不是送信。

十五

现在，我很想为伊犁的酒徒们写一点颂歌，也许你们不会介意，不会认为这是一篇对普通人们的号召书,更不会把这当作是酒徒们的纲领性文件。

的确,他们没有委托我把他们写下来,他们仅仅是请我去喝酒,把我当成朋友的朋友,一见如故。

他们都知道李白,因而他们对不会喝酒的诗人有些犯疑,"不会喝酒还咋样写诗呢?"

他们互相望着,好像征询不同意见。

我对其中一位说,你那么能喝怎么不写诗呢?

"我们是黑肚子么。"他爽快而不无羞涩地低着头说,用手摸了摸自己的后脑勺。我看见那只手,肥厚、短粗,不仔细看几乎分不出五指。

伊犁的这一部分著名酒徒陆续到齐了,真是济济一堂,民族荟萃,虎虎生风。酒徒的风采有如绿林好汉的聚义,个个魁梧粗壮,绝无一个文弱苍白的。他们仿佛身怀绝技,豪气纵横而又遵循着一些看不见的规矩;他们知道在哪些方面可以放肆,哪些方面决不可造次;他们当中隐约有一种排座次的东西,但是外人看不清。

他们喝得很稳,话并不多,但场面也不冷落。用一只杯子传递着喝,一饮而尽。

酒过三巡,已经有好几个空瓶子摆那儿了。他们喝着,很少动筷子吃菜,虽然菜肉瓜果很丰富,他们仍然吸着烟,用眼睛盯着喝酒的人,心迹不露。这样一群老练的成熟的酒徒,多在三四十岁之间,像一伙能战惯斗的老兵,也像一些久经沉浮的政治家。

观察着,保持着某种状态的平衡,好像政治家等待时机,也像瞄准的人调匀呼吸的时候。

伊犁河的水是怎样变幻成这种烈性、透明的瓶中物的呢?

这种清凉的液体为什么在通过人的喉咙和肠胃时变成了燃烧的烈火呢?

它为什么这么苦辣呛人而又使人渐渐上瘾,愿意为它冻卧雪地沿街踉跄呢?

在生活和命运中久经跌打的人们哪,你们为什么摒弃了软性饮料,而偏爱上了这一杯杯、一瓶瓶穿肠的毒药呢?

为什么成了酒徒?

——酒的崇拜者和忠实的门徒;

——酒的奴隶和仆人;

——酒的战败者和俘虏;

——酒的不倦的情夫和被遗弃者;

在魁梧粗壮的这些人的心灵深处,在这些貌似强悍的人心灵深处的一角,一定有一处柔弱的、稚嫩的、干涸的地方,而这地方,需要用酒浇灌。

伊犁深沉的夜晚,酒徒们在传杯递盏,像一群圣徒,在长桌边围绕着耶稣。

这时,庭院里的花香气弥漫,与酒气相渗透;

远处,隐隐可以听见,伊犁河水源源不断地流响着。

酒徒们一点儿也不比别的徒差。

他们用自己的唇舌琢磨,用自己的肠胃研究,耐心、细致、坚持不懈。几乎每一次都是失败的,呕吐、昏睡不醒,然而他们不灰心。

他们是认真的,和开会没什么两样。

成为酒徒需要天赋、深厚的功力和修养，这并不是很容易的事。在许多方面，和造就一个诗人完全一样，尤其是达到峰巅状态时，诗人和酒徒更一样——都是头脑失去正常状态的人。

为什么要轻视酒徒呢？世人！

这是不公正的。

十六

一九三四年时，美国诗人考利给海明威写了一首小诗，我想抄下来，作为这篇散文的尾声。

诗很短，只有八行：

轻率的人大踏步走到
尼日尔河边上河马跟前，
或者急忙搜索草原，
扒狮子的皮，这倒安全。

但是坐在家里的人
搜索枯肠，严酷而昏昏然，
在那儿和思想上的豺狼鏖战，
却非常危险。

1989年10月26日于乌鲁木齐

天似穹庐

显然,天是空的。

对这样一件再明显不过的事,他奇怪的是自己怎么今天才第一次发现。他就这么懒洋洋地躺着,地很松软,没弹性。上面长满了草,草中杂乱地点缀着一些或明亮或暗淡的花朵,就像一群或是愉快或是忧伤的女人。阔大而又起伏着的草原真就像一个女人的身体,他想,软软的,托着你,欲陷未陷,若起若伏。这永远躺着的、老也不想站起身来的草原女体身上,散发着初夏的醉人气味儿,芳香、新鲜,还有一股撩人的腥臊。花香气,草鲜味,土地的肉感,更掺杂上了那些牛羊马匹骆驼牧羊犬和各种动物的粪尿味、尸骨味、交配繁殖时弥漫在空气里的臊味儿,纯净而又邪性地,醉人。

他也在那些寸草不生的黄土梁子山坡上坐过,烈日之下,可以闻到一股干燥的、土里巴叽的、傻头傻脑的男性气息,让人觉得又单调,又乏味。只有草原是男人彻底的安乐窝儿,他觉得躺在这地方仰望天空什么也不想,浑身松弛困乏无力却怎么也睡不着,最美得慌。

说不定躺着躺着,就能灵魂出窍。

那才好。你说他妈的人活着究竟是怎么回事儿?一躺在这草原的肉窝窝里,连傻瓜也会从脑子里冒出这号子烂问题,谁也弄不清,可谁也想。牲口不想。牲口比人聪明。牲口知道想不清的东西就别想,该吃草就吃草,连花也一块儿咽到肚子里,该吃肉就吃肉,管屎的你什么讲不讲道理,这也自在。不过他认为连牲口也想这号子问题,他看见骆驼那副愚蠢傲慢的杂种样子,就觉得它想把自己装得像个什么哲学家,那两个烂瘤子就似乎是它的思想武库,一天到晚背着,舍不得放下。马也是一种相当可耻的动物,它想充当英雄,便显出整天急不可耐的焦躁样子,好像它是骑士而不是被人骑。当英雄很累,得表现得很英俊、很神气,有时候还得故意调皮捣蛋一下子,个性一番,然后再被什么人驯服,就心安理得,英雄也当上了,主子也有了。所以马连睡觉都站着,毫不松懈。当英雄真累。

只有这么躺在草芽铺满的坡地上,不累。

天还是空的。

灰而蓝,蓝而灰。若有变幻。使人越望越傻,越傻才又越觉得着迷,越觉得着迷就有点越想越觉得怕。这被人习以为常的天空,原来什么也不是,只是一个大而无当的空洞。空空荡荡,深邃莫测。就是这样一个虚无的空洞罩在头上,这么多年了,他竟然一点儿没觉察出可怕,没感觉到有什么不安全。太麻木了!太愚昧了!现在他躺在这一望无边的大草滩子上,天地之间无遮无碍,中间只有他,他平躺在它们中间,仿佛是被夹在什么中间。他才觉得身下托着的是一只厚甸甸的巨手,眼前的天空是一个大井,只要……轻轻一翻动,他就会被扔出去,扔进那个巨大的空洞里。啊……他恐怖的大叫在空洞里毫无声息,闭住眼睛,一种自由落体的跌落,跌、跌,一直往深处跌落的垂危和快感,又新鲜,又怕人。

赶快睁开眼睛。

他头一次尝到了这种草原幻觉的滋味,真是一次精神的解脱,一次灵魂的娱乐!他紧紧地贴靠住大草滩,环顾四周,仅仅十几秒钟就觉得周围完全陌生了，怎么变得这么呆滞，平板？这熟悉的世界一下就变成个死气沉沉的肉头了。

再闭一次眼睛试试。不行了，这次不灵，天空不再是空洞的大井，它恢复了原样。

他突然明白了，怪不得那些牧人们总爱这样躺着，仰着望天呢。你以为他们没事闲躺着睡觉，原来他们也在独享这份滋味呢，这些鬼！

你看见他仰躺在一个草坡上，你叫他，他不理；再吼他两嗓子，他哼哼唧唧翻过身来，用一只臂撑住半边脸侧卧着，看着你，眼神迷惘而又陌生，里边还有些怒意或嘲讽的味道。这就是说，这个傻头傻脑的穿皮裤子的放马人刚才正进行过这种游戏，这种哲学式的精神远游。他好像很不情愿被人干扰。他们——这些草原游牧者们终生就是从日复一日的艰辛劳动中夺取一点悠闲和好日子，去做这种游戏。

天的生活和地的生活，他们就夹在这两者之间。谁要是以为他们像他们平时装的那么憨厚朴实，谁就错了，谁就太自以为聪明了。他们只是不说罢了，因为那滋味儿，那种一头栽进无底的天空大洞里的滋味儿，没法言传。谁要是自以为能讲清楚，谁就又错了，愚昧的人知道自己弄不清楚，因此不说，所以愚昧的人是聪明的。最不聪明的是那些不太愚昧的人。他想了想，很懊丧，自己恰恰就是这号人，非常令人沮丧。

你说读了那么一肚子破书，有什么鬼用？往这个大洞笼罩俯瞰之下的草滩上这么一撂，刷地一下，心里就全空了。像被什么东西掏光了五脏六腑似的，凉凉的，又孤独，又凄惶，精神啦意志啦理想啦全都成了一些不堪一击的朽木。在天空的俯瞰之下，你烟消云散，只剩一副躯壳，躺着。

也许是那些烂书倒坏了胃口，十几年的残羹剩饭，吃呀，喝呀，全不顾身体需不需要。好了，弄得就像一只猪烂死在肚子里了，放出屁来死臭，谁闻见都恶心得背过气去。屁都不健康了，何况肠胃？如今给打发到这地方来，说是治病。病倒是到了该治的时候了，青春期肠胃综合征，再晚就无药可医了。草原呢，也是个治病的好地方，静静地躺在这里，望望天空，尝尝大草滩子上的碎草野花，和那些穿皮裤子的老哈萨克们一块儿喝喝酒骑骑马，放放牛羊，扯开哑嗓子胡乱吼上一支所谓的牧歌什么的，兴许能治好……十几年死鱼烂虾灌肠弄下的病根，难治。一百个人里难保有一个能治好的。不过是医生一句话，灵啊，全都傻乎乎地来了，说不定你妈的越治越糟糕呢，全跑到这医院来了，还兴高采烈。傻瓜，全是傻瓜，就这一条足以说明十几年的书确实白读了，活该到这儿受罪不冤枉。

这儿就是巩乃斯草原，因为天空之下只有它，你的目光绝不可能逃出它的疆界。而时间、纪元之类的东西已弄不清了，只隐约记得好像是一个什么黑汗王朝时期，是一个只有骑士和贱民的时期，可悲的是，你不是骑士而是贱民。如此，天空浑浑噩噩，大地纷纷攘攘；时间的心脏停止跳动，岁月的步伐已近衰竭；童话开始上演，荒唐的故事比一切都迷人。亲爱的，罪恶多么正派！

天依然是空的，却开始流泪了。

一滴，又是一滴。冰凉的，清新的。

他坐起身来，然后立起，拍拍屁股上的土。其实屁股上没有土，只有一些渗在上面的草的绿汁，印在屁股上，是绿乌乌的。

瞬时，草原的暴雨从空洞的大井里倾泻而下，如同有一千个高空巨神痛饮后一齐撒尿，浇打得铺满厚草的草滩尘烟滚滚，弥漫起一股窒息人的腥气！一股鱼腥味儿！

他惊慌失措，在暴雨中抱头鼠窜。跑了大约一里地，惊魂稍定，他反而不跑了，因为衣服已彻底湿透，像落汤鸡一样。这还有什么跑头？反正一样。他干脆任凭豪雨浇头，胜似闲庭信步算了，路还远，共长约计三里许。旷野无人，独行独淋，颇觉凄凉苦惨之中有一缕悠长的英雄气概穿肠而过，很是有趣和自乐。他甚至有些害怕回到他们中间去，他既怕那些像他一样的贱民，也怕专门用来管理他们的骑士。咱们“史无前例”的时代王朝是伟大的中世纪的重现和翻版，是人与人的角斗场，他纵有天赐的矫健和灵敏也是贱民，而贱民是不许佩剑的。想到这儿，他禁不住在雨水中哆嗦，打了一个寒噤。

雨水已经在地上横流，稀泥在脚下淫荡地咕叽着，很有张力。这时，肯定是上帝让他偶然间一瞥眼睛，发现了正在泥水中蠕动的一物！他原以为是一只野兔或可怜的黄鼠狼，黄乎乎的一团，蜷缩着也不逃窜。近前细看，竟万没料到是一只老鹰——天空的遗物！这家伙也许刚才盘旋得过分悠然自得、忘乎所以，它自以为熟习风云变幻，却不想竟被骤降的暴雨临空击落，成了这副倒霉鬼样子，全身湿淋淋的，涂满泥浆，比一只老鼠还糟糕。

它显得非常小，形体和一只半大公鸡差不多；而精神状态更渺小，淋湿的翅膀和羽毛塌陷下去，就现出了支棱着的嶙峋瘦骨。它的两只爪是用来抓捕猎物而不是用来走路的，所以它移动起来十分别扭，像个瘸子。就连那双眼睛，黄眼珠，圆圆的，外圈镶着一圈金丝，据说平时在空中相当锐利的眼睛，也毫无凶悍的光芒了，只剩下哀告无援的神色。

他捡它的时候，它丝毫也没有挣扎，很顺从地被他用外衣兜起来，提走了，一直提回他住的泥巴房，顺手放在堆炭的土房的顶上。那房顶很矮，个儿高的人伸手就能够着它。它像一截老树根那样，一动不动并涂满泥浆地被扔在上面，任凭雨水冲洗着泥浆，无动于衷，而且毫不引人注意。他这时的心情，就像意外地捡了个古陶瓷瓶，可惜碰缺了一角，成了弄坏的宝物，已经没多少价值。得来的容易，便也没多少珍惜和遗憾。他把那只湿不拉叽的倒霉老鹰的事，很快就丢在脑后了。而且，应该承认，他是被那家伙的可怜相给蒙骗了，他完全忘了最重要的一点，那家伙会飞。

后来,天放晴了。

他忘了当时是被什么鬼名堂给吸引住了,大概是读一本哈萨克大诗人写的《箴言》,那里边有些话他现在还记得,“如果不了解世界上我们见到的或没见到的全部,至少是大部分奥秘,人就不能称其为人。”

还有,“畜生是不懂,但它并不装懂。我们什么也不懂,但偏要装懂。”

当他隐约觉得似乎忘记了什么而伸着懒腰走出屋外的时候,矮屋顶上的声响提醒了他。他转过头,看见,那涂满泥浆的老树根活了。

它正拍打着翅膀,头颈向前伸着。

它已经完全晒干了,洗净了,在阳光下变得生气勃勃,每片灰赭色的羽毛都鳞光闪闪。它仿佛变了另一个东西,大了几倍,翅膀凌空扇动时有一种气势,一副雄姿。这是它离开屋顶的前几秒钟,恰恰被他看见。他站在那儿没动,根本没有打算扑上去抓它,只是眼睁睁地望着它,起飞。甚至心里还暗暗替它担着一份心,害怕它丧失了飞的能力。

它飞走了,先是低低地滑翔,有时候离地面很贴近,像个小孩做的飞行玩具。不一会儿,它就升起来,升进了天空,盘旋,徜徉,就在这屋顶的上空,遥远成一个黑点。

他仰起脸,注视着它,看那黑点儿的移动,看那放晴了的天空中大朵大朵爆裂在阳光下的云,这时,他觉得那只鹰神奇而又陌生。

“它能在那么高的云中看见我吗?”他想,若是看不见,它为什么久久盘旋不去呢?它既然看见我,记得我,为什么又不愿意重新飞落下来?让我再仔细看看它呢?“荒唐!”他暗自发笑,而且有一丝惆怅涌了一下。

天还是空的。

那只鹰,那个黑点儿,已经寻不见了。

“肯定是掉进那个大洞里了……”

他望着天空,这样想。

阳光容器

阳光从清冽、蔚蓝的天空中泼洒下来的时候，仿佛是被一个透彻的、空明而又高贵的容器过滤了。它看起来还是那样炽烈，那样明晃晃的，和所有正午的阳光一样炫目，但它其实已经不再灼烫闷人了。它从高空垂落下来，光芒四溅，游动跳跃，从这朵花转瞬蹿到那朵花，从这片草丛倏忽掠向那片草丛，依然可人和煦，但带着清新可爱的滋味，像一团充盈在天地之间的光芒的水流。

草原塌陷或隆起在一些山冈旁边，线条流畅自然地结合着，宛如床和枕头的关系。

远些的背景上，裸露出白岩石的山壁峻峭地雕刻出一些模糊粗犷的脸型，奇特地、一动不动地盯视着草原，表情怪异。

再远，钢蓝色的山体便从浓艳的绿野中分离出来，组合成天边的一列坚硬而又披挂了深雪的高大尖顶营帐；它总能被人一眼望见，却让人总也走不近它们。这些耸立天庭的雪峰和草原浓艳的夏天离得似乎是太近了，近得令人不敢相信，这就使这些巨大的实体看起来很像是假的。纯钢一般湛蓝的山体，耸峙并插进蓝得宁静明洁的天空。两种蓝，高度和谐而又截然不同，你无法说清这两种质地的蓝是怎样在空间里被鲜明区分的。

阳光正是从这样一种蓝得发亮的容器中倾泻下来,恣意地溅洒在草地上,饱满充沛,看样子不像是能够枯竭、不会有光芒泻尽的日子。

这些光芒的瀑雨无声地向下降落,无声而缓慢,均匀而有力,一俟接触地面,触碰到白的岩石和各种颜色的明媚的野花,便会在花瓣的光彩上惊跳起来,反弹并四处迸溅,光芒像是撞碎散开的水珠,向各个方向惊跳,划出优美的弧度,纠缠、交织,在宁静无人的夏季牧场上织出一片炫目的、灿烂的光芒彩雨。这奢华的、浪费的阳光,正独自毫无目的地倾泻着,仅仅是为了漫无边际的茂盛的牧草繁荣滋长。

牧草长深了。滩上或山坡上的草已经没过了足踝,偶然有些地方裸露出小块未被草植遮盖的地皮,好像是大自然的随意和疏漏;山冈顶上的牧场正透着阴凉之气,草长得更深厚,已经可以陷没人的膝盖。

草原这时是一位画家,但只是画家而并不同时又是音乐家。它在这块大画布上涂抹油彩的时候,是非常愿意宁静的,在它色块汹涌奔流的空间里,任何细微的声响都能成为注意的中心。光斑在花朵上弹射、迸溅,却在草色深浅中被吸收,被融入,阳光渗入绿色的时候就好像水珠渗入厚壤那么容易。

有时候蓦然间会从天空中跌落下来一两只黄鸭,嘎嘎地大叫着,扑喇喇扇动着两张短翅膀。从蓝色晴空的说不清哪处缝隙间跌落下来,嘎嘎的大叫声和翅膀的扑扇声回荡震颤在原野山冈上,惊天动地,使人惊奇那么小的生物何以竟会发出如此之大的声响。黄鸭很像一个笨重、金黄的傻瓜,不慎从云朵上一脚踏空,划着弧度栽落下来,穿过光芒交织的彩雨,直向下跌,它嘎嘎的怪叫声仿佛是在大喊"救命"。结果,它一着地,就摇摆着屁股趺趺撞撞地走进草丛里不见了,虚惊一场。

还有时候,会有三五只天鹅像一组大型客机在草滩上降落。它们不大怪叫,只是平稳地飞行着,渐渐降低,互相仿佛商量了一下,然后沿着一条看不见的斜度轻盈而下，保持着飞行距离，着陆；它们像银子铸就的一般，把自己优美的身体合适地放在碧绿草毯的陪衬之中。

然而这一切并不引起草原的格外注意。它仍然宁静，光芒炫目或者因一朵云影的移动而暗转阴凉。

山冈在远处盘绕着。

几匹像是失散的无家可归的马，悠闲地甩着长尾——尾巴上粘着刺球、草秆——驱赶蚊蝇。它们谁也不答理谁，谁也不想独自走得太远，就那么吃着草，偶或扬起长鬃披散的颈子来怅望一下远方，像一伙子离家出走有些后悔但又想不起家来的流浪汉。

山冈依然在远处盘绕着，没有移动。

草的生机使它毛茸茸的、湿漉漉的，像是伏卧在那里的蜗牛，很久很久，它都没有动一下。巩乃斯河流得非常平静，随着地势的起伏偶尔闪露出一段水流，光芒并不耀目。它的拐弯处或平阔处长满了大片的芦苇，遮掩着它，使它像一个藏而不露、很有心计的动物。

离河不远的略微高起的坡地上，正露出一排土房子。

博尔塔拉冬天的惶惑

诗人说，冬天可以置人于死地。

诗人还说，这不是因为风雪，风是那样悠长的一种音乐，雪是那样飘逸的一种花朵，亏是由于有了这两样东西，人才可以活下去。置人于死地的，是冷酷和死寂。

一个没有活力的白茫茫的世界，使人绝望乃至轻生。人其实就是这么死的，没有别的什么原因。人们总以为是衰老使人寿终，这才是糊涂呢！那么是什么使人衰老了呢？是岁月吗？不是，因为有些人要把他经历的日子藏在心里，你是没法判断他有多大的。

冷酷和死寂使人绝望，绝望使人衰老，然后死掉，就这么回事儿。你假如看到过死人的脸，你就会明白，那上面写得清清楚楚，不容置疑。

诗人咽了一口唾沫，又说，你注意到吗？你看窗外，冬天正在嘲笑一切生命——

鱼儿在冰层之下，它们身上的鳞片使它们像一些光着身子穿上铁甲的武士一样，又别扭又滑稽。它们不冷吗？

鸟儿虽然有羽毛，但是它们却没穿鞋，光着趾脚。

贫寒然而性感的蛇，买不起像它的身体那样长的套裙，所以只好躲在地洞里。

连熊那样肥厚的毛茸茸的山林庄园主，那种富农一样迟钝、憨勇的角色，都感到了恐惧，它钻进树洞，可怜地舔着自己的手掌。

树坚韧地站在严寒里，不能挪动脚步，没有叶子。它总是像一只叉开五指的干枯的手掌那样伸向天空，企图抓住严寒，但总也抓不住。它在盛秋时获得的满身勋章一片光彩，已经全部被剥夺了。

生命被搁浅，在漫长的、看来毫无指望的无边冷寂中。这时候很静，在冰雪之下隐隐能听到一丝呼吸，一脉心跳。进而，仿佛还能听到万物的呻吟、哀告和呼喊，那声音似乎在说，“让我们活下去吧——也许我们不配，但让我们活下去吧！”

这当然仅仅是时间玩弄的一个循环游戏，一个季节罢了。即使仅仅如此，这一年一度的冬天也足以使人绝望。它每次降临的时候，都仿佛比上一次更漫长、更难耐、更让人产生怀疑：所谓春天是不是一种传说？是不是由于自身的痴愚造成的某种心理幻觉？是不是只有那类内心精神紊乱、神经过于敏感的人才执信的虚无蜃景？一句话，春天是假的，而只有冬天才如此真实。

诗人说这些话的时候，我听着。我们坐在一辆吉普车里，司机把它开向博尔塔拉。而这条路，正是一条充满恐怖感的坦平公路干线。这条路比诗人有名，它标在地图上，叫乌伊公路。

“这不是什么公路，”诗人冷酷地说，“这是一条谋杀汽车的流水线。”

我惊异地望着这位诗人的脸，想起来，这里的确发生了无数次相撞、擦伤、流血、颠覆……比全世界的宫廷政变还要频繁一百倍！每次事件发生的时候，都令人目瞪口呆，痛得揪心；可是一转眼，事件还没处理完，人们就恢复常态了。生活按照既定的轨道发疯地向前猛冲，谁也拦不住，预谋着下一次的谋杀发生。

许多可怕的事带着神秘的意味儿就发生在这上面，令人记忆犹新：

一个极其爱护自己脸蛋儿的女人，她每天晚上都涂上厚厚的护肤膏入睡，她这才对明天放心。她决不允许她的丈夫用亲吻这种方式破坏护面膜，她觉得脸比生命重要。可是当人们把她的尸体从大型油罐车下拖出来时，她珍爱的脸完全找不见了。

还有一位母亲，她年轻时算过卦。“你将有三个儿子和一个女儿，”卦师说，“女儿命硬，可是三个儿子，都难呢。”后来她老了，果然是这样。一个儿子死于绝症；一个儿子夭折于武斗枪战；第三个是司机，一辆拖挂和他会车前几秒钟，挂钩脱开了。几千公里的长途中，恰恰在这一秒之间发生，比一切谋算更精确。那位老母亲从此再没有产生过任何与命运抗争的非分之想，她笃信宿命。

“她服了。可是你呢？”诗人问我。

我从反光镜里看到自己的脸，无可否认，那是一张很像脸的脸，有象征意味儿，有底蕴，脸的后面藏着丰富的内容，似乎里面还有一副更深邃的脸。我回答他说，我也像那个女人一样珍爱自己的脸，在这个问题上，天下的人都一样，不分美丑，谁都不会遗弃自己的脸。我不漂亮——谁都这么说，这句话是个盾牌，挡住你，不许你挑剔他的长相。可是你只要说他长得和另外一位比他略强的人不相上下，他就会愤怒地惊叫起来：“什么？我怎么会像他那么丑?！”

“嘿嘿，”诗人笑了，仿佛他的恶毒心得到一点满足，“人都是这样，人从来不能抛弃自己。”

说话间，车窗外变得灰暗起来。渐渐连前方的路面也看不清了，仿佛冬天的旷野村树都忽然被一只手泡进奶瓶里，愈泡愈浓，这时我们才知道是雾，起雾了。

车行得很慢，像拖拉机那样谨慎。周围弥漫着如烟似云的东西，压迫着你，贴近着你，笼罩着你，就像大自然阴暗潮湿的思想——这些由无数银灰乳白的微粒集合团聚起来的庞然大物，严肃有余，根本不活泼地充塞住了道路和旷野，缓慢、迟滞。

雾在远处的时候，你还能看见它。它有一股弥散的美感，一番朦胧的诗意，一派优雅的无形。诗人说："这是一些体重超常了的笨旧的云，被天空开除，掉到了地面。"

但是在眼前，你就什么也看不见了。仿佛它根本就不存在，而是你自己的视觉出了问题。这种视觉上的被蒙混，容易使人产生出思想的怠惰和麻醉，生出一种舒适的满足，头脑变得像午睡起来那样笨重，缺乏想象的空间，懒洋洋地生锈。你努力睁开眼睛去辨识它的时候，往往会感到徒劳无益，你很难穿透它们，那些密集的麻灰色的斑点。每一个微粒，都是钢钎在顽石上凿一下时留下的斑点，使人丧失记忆力。

灰白色黏液状态逼得更近了，使车子陷入了它的重围，驶进了它的迷茫隧道。五米之外，有无莫辨。汽车打开了夜行灯，但是不行，灯光只能穿透黑暗，却无力解释这种灰白色的晦暗。灯光像一根绳子一样软弱地耷拉下来，垂落在地上。

前面发生了车祸。

无声的混乱在我们眼前晃动，一些惊愕和恐惧的动作在雾气中完成或停顿，嘈杂的声响被雾霭给没收了，使眼前这一切像无声电影的镜头片断。当时我曾走出车外，发现所谓公路已经成了一条够标准的速滑跑道。公路两边的灌木、枯黄的草丛，还有一些脱尽了叶子的高树，全装饰了茸茸的雾挂，像是旷野在过圣诞节，于冬季严酷的凄凉中竭力造成一番虚假的灿烂。

后来，车子行驶到快到玛纳斯县的公路拐弯处的时候，我被颠醒了，我坐直了身子问了一句：

"咱们这是到哪儿了？"

"坟地。"诗人回答。

我看见公路左边是一片林子,右边是一片坟地。无数次收获的季节过去了,这片林子竟还没有被好大喜功的县长砍伐掉,这很奇怪,像一个光天化日之下的奇迹,暴露着,危险得令人担心。而那片坟地,飘零着一些碎纸片,一两处旗幡,还有荒草秆儿和烂砖头。有些隆起的新坟,有些塌陷的或被牧羊人踏平的旧坟,带着一番落寞的敌视,隔路对着那片树林。一股死者对于生界的无可奈何的怨恨,从那些坟头间氤氲升起。

风的小号在四季里吹响
它吹出四种音符

我看到诗人的身体晃了一下,他仿佛被什么东西击了一掌。

博尔塔拉像一节盲肠,它就躲在大地的腹腔里。

这条公路大干线,就像一根大白肠子,蠕动着,传送着——各种东西:汽油、大白菜、土豆、羊皮、芦苇、牛羊肉……,通过各种触手或吸盘,送进城市——这个消化一切的"胃"里。然后又通过这根大肠,分送到各个城镇和村落,分送到每个毡房或院落的细胞里。

无论是营养还是粪便,都通过它。

社会就像一个人体那样循环运转着。

它吸收,也排泄;它忙碌,也生病;它有时候敏感得被针扎一下都会尖叫起来,有时却连得了癌症都毫无知觉。

在很多方面,社会和一个人体是完全一样的。它很自然地就运行起来了,它也会有病;它能自我观察到很多外在表现,但它看不见自己的内脏;它有海岸线那样弯曲的嘴唇、大都市那样的五官和外表,但它也有排汗的毛孔和屁眼。

而博尔塔拉，正像那节盲肠，它必须从主干线往里拐三十公里才会蓦然出现，不然，你别想找见它。

诗人说他和这个叫着蒙古名字的地方有一种极其疏离、陌生的缘分。这么说有一些奇怪，他说，但的确是这样一种古怪的关系，缘分有时候比毫无关系更能令人产生陌生感。“这样吧——”诗人打着哈欠说，“咱们各自讲一个有关博尔塔拉的人或事好不好？解闷儿。现在我先给你讲一个。”

我上小学的时候，我们班的班长是个十全十美的家伙——他长得俊秀，成绩优良，老师宠爱，而且他爸爸当时就是这个州的州长。有一次植树节我的红领巾被风刮走了，我去追，在戈壁里迷了路。我绝望地坐在地上哭了，他来找到我，把我带回去。他救过我。

可是我一直恨他，恨他的十全十美，还恨他到处受宠。他从小就受到漂亮女孩们的青睐，他也很会向她们献殷勤；他的衬衫总是洁净的，身上飘着一股高级香皂味儿。我觉得世界上的好事全让他给霸占完了，我想揍他，可是没他力气大；我想在班上故意捣乱，可是他几句话就把我震慑住了。他有与生俱来的政治天才，很会管理人。我小时候就被这样一个家伙无形地压制着，我承认我嫉妒他。但我的嫉妒对他毫无影响，他根本没把我放在眼里。

若干年后，我听到一个消息，说他在再教育时冒险修理坎儿井，被塌方给埋住了。

这个人肯定是死了。但是我总觉得这家伙没死，只是调走了，说不定什么时候还会突然出现。

所以对于关系不大的人来说，死去的人和一个从你身边调走的人是完全一样的。

那个人的父亲是博尔塔拉的州长，这使我从小就记住了这个从没去过的地名。我总是模糊地感到,那是个产生王孙公子的发源地,一种神秘荒凉的误区。

诗人说,他想起那个人就觉得奇怪,那是个生来就准备统治别人的人,结果,他比谁都率先离开尘世。假如他能预感到自己注定的结局,他还会把自己弄得那么十全十美吗?

"很好,这个故事。"我说,"现在该我了。"

我第一次到博尔塔拉,是八年前的事。那次,我陪一位历史学硕士,住在军分区。分区政委听说从北京来了一位硕士,立即率领党委一班人匆匆赶来。那时,硕士还是个新鲜名号,偏远地方的人还没摸出深浅。政委一进门,看到屋里只有两个三十多岁的人,就开始不停地环顾四周,甚至打开壁橱看看,嘴里不停地询问:"硕士呢?硕士在哪里?不是说他来了吗?"

我告诉政委:"喏,他就是硕士。"

"他?"政委看着那位三十多岁衣着随便的客人,眼神立即黯淡,原来眼睛里溢满焦急、兴奋的光彩全不见了。"我还有个会。"他懊丧地低语了一句,便起身告辞了。

硕士对我说,政委非常失望,他原以为"硕士"是一个白发飘逸的老头儿,他一定以为"硕士"比中央委员地位更高。"真对不起政委,"硕士摊开双手很遗憾地说,"咱们竟是这样——有碍观瞻啊!"

诗人听了,朗声诵道:

我们地位很高。
我们地位很高地生活在盲肠里。
我们不懂的东西很多。
但是从来没有人说过我们有不懂的东西。
这多好。多么让人幸福。

诵毕,诗人显得无限轻松,情不自禁地用沙哑的嗓子哼起一支歌来:“我们的祖国多么辽阔广大,它有无数田野和森林……”

这是纯种的爱国主义。我想,诗人一边哼着这支歌,一边一定正观照自己的灵魂,他会经常对自己反躬自问的。我认识他已经很久了,但是总捉摸不透他。他与众不同但有魅力,他有魅力但无从把握,他犀利到了不能不伤人的地步,像一柄思想的剑,光芒诱人,可是接近他的时候,要格外小心。

诗人是人群当中的为数极少的一类怪物, 也可以说是一种精灵,为数极少。这种物种究竟是怎样起源的?怎么碰巧产生的?怎么神奇而又稀罕地遗传的?至今科学尚未找到明晰的答案。生物学也好,人类学也好,精神病理学也好,都没找到。几千年来,诗人们层出不穷,在人类的各个角落制造出大量的奇怪现象,引起一代又一代人的好奇。可是关于这些人,迄今为止科学只找到了一个词——“灵感”,结果,这个词比诗人更古怪、更无从解释。

这的确是一个奇怪的现象:他们并不是最有知识的,然而他们却最敏感;他们并不是最有地位的,然而他们却最自尊;他们并不是最强大的,然而他们却最勇敢;而且,他们或许并不是最贫困的,然而他们却最痛苦。

“诗人啊……”我胸腔里突然感到一丝痛楚,仿佛刚有点明白什么旋又跌进更大更深的困惑之中。

人间为什么要产生你这样的怪物呢?上帝捏造人的时候为什么忽略了你产生出来的偶然可能呢?

世上的一切职业都是有用的:农夫耕耘是为了获得粮食;工匠出卖劳力和手艺是为了挣到钱;将军和士兵可以用来击败和杀死国家的反对

者；国王用来管理民众；屠户的一生专门研究怎样一刀捅中猪的心脏；哲学家用来解释他早已脱离了的世界；歌星用来取悦耳朵，他们其实是一些耳朵的情人；教育家们手挽手，把儿童的天性围困在课堂的泥沼里不让出来就算成功了；……

但是诗人有什么“用”呢？

难道他的用处就是没有用吗？

思想？不，思想家已经想过了，在思想家的家里，那幽深的独宅，不许任何名目的小偷潜入。

艺术？更不，艺术家应该是一只羽毛华丽嘴巴乖巧的鹦鹉，一群可人、依人、慰藉人的可爱小猫，而不是怪物，更不是头发披散、眼光凶狠的东西。

颂歌？哦，这倒是。一个进士、举人、赶考的秀才们落脚的广场，这里四通八达，有施粥棚，不时有黄衣内臣出来宣读补授的官职，大家心不在焉地背诵诗句，望眼欲穿——

看来，在人世间，有一类人活着就使别人感到危险，还有一类人活着就仅仅是活着；另外有一类人专门让别人弄不清自己为什么活着，还有一类人至死也不明白最简单的道理；最后有一类人什么都不干却仿佛什么都干了，还有一类人什么都干但是等于什么都没干……这真是太有意思了。

那么诗人呢？

诗人是现实这坦荡平滑的肚皮上的肚脐眼儿，它是接连母体的唯一痕迹，是历史镶嵌在现实上的一个不透风的装饰性窗口，是每当现实裸体时便露出来观察的“第三只眼”，这是一只独眼，且有眼无珠。

一只没用的眼睛。不能察言观色，不会看风使舵，不能挤眉弄眼，无法传情递恨。完全没有用处，一点儿用处也没有！但是没有肚脐眼儿还行吗？你见过没有肚脐眼儿的人吗？因此，现实也不能没有肚脐眼儿，不能没有诗人。事情就这么简单，有诗云：

天若无情，
为何降雨？
天若无爱，
为何飘雪？
天若无怒，
为何发雷？
天若无气，
为何行风？
天若无智无识，
为何日月星辰？

天行健，
天道无常，
天眼常开。
天在上，
仰之弥高如晤伟人，
垂首思之如察自我。
逝者如斯夫，
吾每日三省吾身，
吾将高驰而不顾。

“我并不盲目骄傲，以致不承认某种比我伟大的东西存在……”

是这样吗？还是不是这样呢？

“今天将不再产生思想伟大的启蒙哲学家，”诗人突然用残忍的口吻说道，“精神已经被先哲们穷尽了。所有穷思冥想的现代人都是白费心思。今天的世界和历代都不同，谁都没有能力预知它、把握它、洞穿它，只能适应。谁真正能适应它，谁就了不起。”

“适应，懂吗？谁能比这个世纪更伟大呢？是吧？对不对？”

诗人叹了口气，像个孩子那样可怜巴巴地望着我，同时有一瞬间显得很衰老，仿佛他一生中所有的难题都压在他身上，压得喘不过气来，然而又不得不抖擞起精神来去对付未来的难题。

我没有回答，我想着。

我觉得这番话不像是他的话，而像是现实借他的口提出了这种武断。这是极致命、极老练的一击，如果是思考不深、功夫不到的新手，这一击足以致命，他将永远别想再站起来。可是对我就不同了，这些论点早已被我翻来覆去地预想过多次，是被推翻了的。

我是那么老练。

在思想领域里，已经很难有什么新奇的或世俗的力量能够打倒我，它们顶多只能给我提供一个对立面，以便让我更完美地丰富自己。我的老练里有一种坚硬的固执，像牛角一样的物质，但是它却能生长，长成各种弯曲的、尖锐的形态。特别是这坚硬的物质里充满了空隙，它有不断地接受和流通血脉活力的本领……我简直记不清这种东西是什么时候在我体内成熟的了！

幸甚至哉，我的老练！

后来，我突然想起去年的某一天，我在兰州大学的留学生楼采访过一位德国女青年。那个女留学生是特里尔人，所以她的乱七八糟然而充满生气的房间里，有一幅小小的马克思像。

“他是我的同乡——”那姑娘向前伸出一只跷起大拇指的手，翘起的大拇指朝后，正好指着她那张有雀斑的脸。

她丝毫也不漂亮，而且不性感，显然是一个普通极了的德国姑娘。但是那一双蓝眼睛咄咄逼人，毫不躲闪地直视着你，里面流露出对古老东方帝国后裔们的藐视。她说：“他曾经在你们这里被崇拜，现在好像吃不开了，是这样吗？”

她的藐视和质问里，有一种说不清是正宗马列式的还是道德式的嘲讽意味。但是我能感到她对思想蒙昧状态的愤懑和谴责。

我当时没有回答。

我是中国人，我承认我不习惯异性的这种直视的略含挑战意味儿的目光。在这种非常自然的坦率面前，我感到了对虚伪的长期适应已使我显得脆弱；我面对说假话的眼睛已经习惯了，一旦面对另一类完全不同的瞳孔，竟突然发觉自己内心毫无力量，仿佛对方是个男子汉而自己才是个娇弱的女子。

我拿起那幅画像，望着像上的那个人。这是一幅从懂事起就熟悉了的画像。我丝毫也不了解那个德国人时，就接受了他。雄狮般的鬈发，宽阔智慧的前额，浓密而又磅礴的大胡子……这是一幅圣像。

我天经地义地接受了他，不需要思考和研究。我隐约记得在很小的时候，在脑子里曾经闪掠过一星罪恶的疑问：“我们中国人为什么要让一个德国人当老师呢？”而且，当我不得不承认“我们的毛泽东没有他伟大”时，我幼小的鼓荡着狭隘民族主义或爱国主义的火苗的心灵，受了一点挫折。从那以后我就再没有产生过任何非分之想，全心全意地崇拜了他。说来惭愧，我至今还没有读过一篇原著。

我拿起那幅画像看着的时候，才发现，这幅熟极了的头像我以前其实并没有仔细端详过。现在这么一看,看出一些异样的味道来:他真美,马克思。似乎世间再也找不出比他更适合做圣人的面孔了,那样无与伦比的雄伟和神圣,尤其是那双眼睛,透射出人性的光芒。

真的,当时我很惭愧,为我的盲目和蒙昧,也为我作为一个读书人而至今没有能力与这位伟人的书达到共鸣。当时我的内心还有一种痛楚,撕裂似的,隐隐作痛,有点催人泪下,仿佛我有什么对不住他。

真的,任何一位伟大人物所构筑的科学理论大厦,对于常人来说,都是迷宫和神殿。你既不可能穷尽它,也不可能洞悉它,只能敬畏在其宏大辉煌的灵光下——不,敬畏在其传播者庞大的身影下。这正是哲学思想的力量,它往往要比那些显赫一时的王朝坚固百倍。

我们以无神论者的优越感俯视着虔诚得五体投地的朝圣者,我们甚至怜悯他们。但是,难道我们精神的至高处就没有雄踞着一位神吗?难道那位神凑巧会是我们自己吗?

我们听着一位歌星故作深沉地唱"跟着感觉走……"于是像发现了新大陆似的发现了自己有感觉,傻乎乎地也跟着唱起来,仿佛今后在人世间有了什么靠得住的东西。我只需要告诉你一个常识你就明白了:狗是跟着嗅觉走的,你还能跟着感觉走吗?

风的小号在无遮无拦的
旷野上吹响……
它在鼓吹自己生命中的声音

"唉,"诗人说,"咱们也真是,良辰美景,捶胸顿足;狂风暴雪,悠然沐浴。"他说他就像是博尔塔拉这地方的人,就这么活过来的。这辈子终身厮守着一块被世人遗弃的土地,也因此遭受着那些优越的人们的客气而又礼貌的轻视。他说我们本来没有罪,却带着地域的烙印,蒙受着养育我们的土地河流所带给我们的难以磨灭的耻辱……“啊,可是我无法否定自己!”他说,“你呢?而且我也无法否定那些与我血肉相连的事物,我将因此而惶惑终生!”

诗人接着又说,他的话语里充满了自我表现欲,像是在争辩:“可是我有良好的求知欲,我的体格健美,它曾使我在年轻时出类拔萃。我的手,对啦,我的手比一般人进化了半个世纪,修长高洁,充分显示着人类的美德!我观察事物的眼光炯炯有神,如猫窥鼠,如虎搏兔。我最为伟大的一点是,胸中有一条永不枯竭的激情的大江河,它每天清晨时分都以奔腾汹涌的活力撞击我的胸膛,使我醒来,让我振奋,洗涤我的良知,使之如圣人那般十全十美,也使我的雄心胆略包天容地令拿破仑望尘莫及!”

“啊啊——哈哈!”他陶醉地大笑着,在幻想中豪迈而又舒畅。

我说,你有时候那么忧郁、自卑;有时候又这么狂放、骄傲。你在感情的这两个极端上闪电般地移动着,毫不松懈地占据着。而且,你一点也不疲倦,半点儿也不造作,似乎只有在精神的这种极大的落差和起伏中,你的生命活力才能得到迸发。你这种人,可能是天才。但是我不是,我不是天才,只是个普通人,一个真正的普通人。不不,这绝不是谦虚或作假,不是天才并不是什么过错,普通人又有什么不好呢?几乎所有的人都是普通人,同时所有的普通人也都是圣人——至少具备成为圣人的条件。从人的意义上讲,没有什么天生特殊的人物,所有的人都是圣婴,也都是时间的弃儿!苍天赋予我们的权利是平等的,地平线给予我们的起跑线是平等的,一切不平等的或暗中不平等的现象都是人为的、强加的,人间没有比这更大的卑鄙!

我说我们应该这样对世界大吼一声:假如平等——你敢吗?

诗人冷笑了,他说假如凭着每个人的能力、体力、智力在这个世界上平等地谋求生存,今天的很多家伙们,明天就会沦为乞丐!

只是……我当时心想,诗人也好,我也好,还有大量的别人也好,大家都——心照不宣罢了。谁要是愿意把我当傻子谁就愿意吧,我们不傻,我们心里更是清楚透了,保持缄默比胡说八道难多了。

我得承认,仅仅为了学会保持缄默,我花费了二十余年的光阴,而且还没学到家。难得很呢,口舌之快是人的天性,更是思维敏捷的人的天性,克制它,在舌头上安一把"牛头牌"保险锁,是多么困难的一件事!小时候我们牙牙学语,牙牙学语我们都有过小时候,……每学会一句话、一个单词都直接源于父母口授。我们学的话里带着乡音,含着父母的体温。我们每学会一句新话都令父母高兴啊。但是谁能想到呢?谁能想到当我们全能学会的时候,反而不是为了使用,恰恰竟是开始学习保持缄默的时候了。在这个基础上,我们开始学习说假话。往往这时候,我们成熟了。成熟了?离死近了罢。

"亲爱的朋友,我们有时候还配算人吗?"那天深夜,诗人忽然翻过身来冲着我的床头说。我睁眼躺在黑暗里,我说我还以为你睡了呢。博尔塔拉的夜很黑,仿佛这地方离太阳休息的地方比乌鲁木齐更远。躺在这样的夜色里失眠,非常容易触摸到或感觉到一个巨大虚假物的存在;我觉得它很近,有点毛茸茸的或湿乎乎的,它的脉搏在极端的宁静里亮铮铮地响着……你一感觉到它,就立即意识到白天的荒谬,夸张明显的演戏的成分和社会组织着意修饰、提示的痕迹。这时你就明白了,白天的一切活动,一切努力,其实都是为了抹煞这个巨大虚假物的存在和威胁。而它却是无形的、冷酷无声的、有极大耐心的。它就渗透在空气里,暗藏在天空中,每时每刻,存在并冷笑。

黑夜每天都降临,不分地域,不分季节,它和白昼平分占有着时间、空间和人类。

它之所以是黑色的，那是因为它代表着死亡的力量，代表着永恒和神秘。月亮是它的胎记，星星是它的族徽。

它较白昼强有力得多啦！

而且它比白昼更美、更丰富、更难洞悉。每当黎明时它都是像潮水似的稳稳退去，并不慌乱，相反每个夜晚都是强有力地占领……

忘掉它！

摆脱它！

谁不对它怀着恐惧和不安？

人们用一切努力去占满时间，白天工作，晚上睡觉，竭力造成没有一个空闲想它的一生。但是徒劳呵，或迟或早，它在你的前面等着，很有耐心地让你一头撞在它的怀里——让你的生命——欲望啦、烦恼啦、痛苦啦等等麻烦，彻底归于虚无。

它正是一个灵魂的收容所。

也正是一座尸体的垃圾场。

它多忙啊……

“谁替它干活？”想到这儿，我在枕头上独自咧嘴笑了。那么多灵魂需要公正判别分类，那么多尸体需要化解投胎，工作量好大呢。这些活儿全靠上帝一个人干，所以上帝肯定是一个风尘仆仆拿着扫帚的清洁工老头儿，穿着旧袍子。

这黑暗的慈父，这光明的公仆，阿门！

我因此而以为上帝是存在的，佛也存在，真主也存在。如果有一个傻瓜硬要问我这些看不见的神灵究竟在哪儿？我实在懒得和他争论，而且不屑于向他回答。

在精神中，在灵魂里。这些人造的而反过来雄踞人类思想之上数千年的伟大幻影，正是善的愿望、真的渴求、美的理想！

在这完全不存在的伟大幻影上，凝聚着世世代代、各个种族、高贵卑贱、琐碎低下的人们的共同一物：良心。人类的良知，历经千载而不朽，饱受战乱而不灭，这难道还不能构成一种存在么？"肉体是精神的唯一而真实的神庙"，是这样，正是这样。

而他们的话，人间叫做"神话"。真诚的至理就是生活中的神话，然而它无形也无家，只能在心灵里生生不息。

夜半醒来，每个人都应该像个哲学家。

孩子问："站在乐队前面的那个人，拿着一根棒在干什么？"

母亲答："你看见那些乐器了吗？它们发出了各种不同的声音，那个人就用小棒把它们搅匀了！"

那么，关于博尔塔拉有什么好说的呢？

我不能无视一个自治州的存在，不能仅仅把它写在标题上，作为招徕读者的商标。那样太过分了，太狂了。我毕竟去了一趟，小住十天，我有责任写写它。当然，要简洁。

第一，我觉得博尔塔拉变化很大，甚至可以说变化惊人，但是我没有参与过促进这个变化的过程，所以我无话可说。我不了解它，我不能在短短几天内就了解一个城市，哪怕是博尔塔拉这座精致秀气的小城。我并且还不了解那些所谓的报告文学家们究竟从哪儿得到了一副好牙齿和好胃口，能在短暂的时间把一座大城市或好几座大城市吞下去，并且毫不费力地消化掉！

这些家伙真不愧是一些文学巨蟒！

第二，我有一天偶然路过城里的一家小咖啡馆，坐进去喝了一杯。那个店主是位年轻人，带点学生气，他的眼睛和举止都很文明，待人接物也有分寸,使我有一种身在江南的错觉。在他身上,我感到了某种时代的进步。

也许他并不想要代表博尔塔拉,但是我从他身上感受到的进步的意味,却要比在这个州的领导那儿感到得多。

究竟是谁更能代表一个地方呢?

第三,我们去了阿拉山口,那是一个以每年有半年时间在刮八级以上大风而著名的地方。风花雪月里的风,在这里找到了王位,当上了暴君,以每隔一天出来巡视一番的勤政方式君临天下,骄狂纵横,发怒发癫,这是一位嗜酒的君王。

所有的树都匍匐着,紧贴地面顺着风势往前长。粗壮的树干像一根烧红拧弯的铁棍子,在离开地面半米的距离兀然折向一方,与地面平行,铺展开扁平的枝条。有些像孔雀开屏还没开直的样子,但是更像太和殿白玉石阶下一片跪拜叩首的清廷众臣。

这些扭曲的树,这些适应环境的树,从小就扭了,它们习惯了顺从和跪拜风势,忘记了天空。

天空成了一块洗得发白的干净的旧衣服,上面隐隐留下几道浅白的印痕——那是风在拧干它时留下的折迹。

地面上有一种被清扫过之后留下的秩序,一股被强暴浸淫之后留下的宁静意味。什么似乎都在,都完好如初——山还故作庄严地坐在那儿,没有被刮跑;鹅卵石也圆满着或椭圆着,没有彼此撞碎。

但是总有什么发生了变化。

即使在这个没有一丝风的日子,人来到这地方,总有一种异样的感觉,一种莫名的警惕,还有荒凉。

1991 年 5 月 23 日改完于乌鲁木齐

一个牧人的姿态和几种方式

这时候他正蹒跚地朝着那条被苇丛遮掩着的河走过去。他一步一步地走着,走得很慢,显得笨拙。他走路的姿势,有一种幼儿刚开始学步时的陌生,还有一种久卧病榻的人初次下地时的荒疏。每一步跨出去,都含有试探、不自信的意味儿,而他的身躯又那么沉重,这就使他很像野兽直立起来的样子,像一只熊。

他对走路的确是陌生的,这个牧人。因为他大多数时间是生活在马背上,他的腿已经有些弯曲,即便在行走的时候,两腿间依然仿佛箍着一个无形的马肚子。他肩膀宽阔,两条粗壮结实的手臂在行走时无所适从地放在身体两边,似乎有些多余。

这时候草原空寂得像一幅弃置已久的名画,天空像一面没人敲打但却擦拭得异常锃亮的铜锣。鸟儿的鸣叫声从灌木丛中传出来,合拍于微风使灌木枝叶轻轻抖动的节律,大地散发出的各种花草的清香正在阳光下弥漫。这一切使受到催化、刺激而蓬勃发育的生命形成一种氛围和情态,它们弥散的气息又反过来刺激、催化别的生命。

春天的某种特殊的活力就这样开始了,它仿佛是一只神秘的手轻轻揿了一下键钮,于是阳光把美丽的情欲注入万物。

他感觉到这些,目睹着这些,甚至可以说主要是呼吸到这一切。这无所不在的花草万物的芬芳掺和了阳光的浓酒，饱含了生命的启示和情欲的力量，随着每一口呼吸进入他的躯体。他的喉管在发痒，肺叶在鼓胀如满风的帆，血液仿佛涨水的伊犁河那样汹涌激荡，他几乎已经能够听到血液的激流冲刷岸壁的声音，在日夜喧响的拐弯处，土岸和崖壁坍塌的沉闷声响轰然而起然后长久地沉寂……他感到晕眩。

他约摸有五十多岁，也许更大一些。他的头发是褐黄的，前额上面有一绺是金黄的。他脸上的肌肉结实紧凑，线条和轮廓还很鲜明，鼻子并不大，但是棱骨明显，两翼匀称，颌骨非常有力地勾画出了他的脸型。眼珠，是那种棕黄的，透着禽类的准确。

他是一个有经验的牧人。

他像用一只手游泳那样，拨开苇丛，靠近那条河，粗重的喘息在密密的苇丛里似乎显得更响一些。

他知道这种晕眩，这种使他头昏的东西是一种力量，这力量的漩流就藏在他的血液里，涌动，旋转，撞击，纠缠他干扰他，使他不能宁静。他知道这不完全是春天的某种情欲，而是一股更强大的、模糊的力量，他说不清这力量源自哪一团浸透了阳光的云朵、哪一座曲线优美流畅的山冈，但他感觉到它，这过于强盛的力量使他晕眩而且变得软弱。

他觉得不可承受。

"人对于主，确是辜负的。你应当奉你的创造主的名义而宣读。他曾用血块创造人。他曾教人知道自己所不知道的东西。"他跪下来，独自祈祷着，间或发出轻微的呻唤，仿佛在恳求宽恕。

你赐予一个牧人使用不完的力量，啊，请允许我归还于您！

他朝向河边挪动得更近了，水是清澈的。

他从靴子里取出一把短刀，从刀鞘里抽出来，刀子很锋利。他把刀子浸进冰凉的河水里，然后拿起来，用刀尖翘起的部位抵住额头，一划，上额至眉心处被划破。宛如一颗饱满的石榴上划了一刀似的,晶亮鲜红的血珠儿,石榴粒儿似的跳出来。

他把头垂向河面,让血滴进清澈冰凉的河水里。他看着一滴接一滴的血掉在水面上,一溅,向上散开,然后刚一落下去接触到水,就被流速拉扯开,拉成一条细长柔韧的红线,倏忽消失远去。

一滴。又是一滴。

他凝视着自己的每一滴血,看着它们离开自己归还给河流和土地。他感到安慰、舒适。

他看到那个力量的一部分跟着自己的血滴进河水里,离开了自己。

渐渐地他觉得自己轻松了许多,头脑变得清醒了,不再晕眩,那个饱胀在躯体内的汹涌的漩流,减弱了,血液的流速开始均匀,身体恢复了平衡。多余的力量的负担卸除了,他觉得自己清爽明快,精力充沛。

他掬起一捧河水,用水拍击额头,血就止住了。

他把刀子伸进河里冲了一下,熟练地在裤子上擦了两面,收进鞘里。

然后,他站起身,长长舒了一口气,用两只粗糙的手掌把自己的脸从上往下梳摸了几次,便离开那条河,朝山冈盘绕的草原深处走去。

他的心里充满了感激。

二十四片犁铧

拖拉机牵引着的二十四片犁铧宛如一组编钟，远远行进的时候看上去却像一只多脚的黑蜈蚣。它来到了处女地上，它的任务是把游牧者世世代代牧放畜群的草原犁为田亩，耕耘播种上铺到天边的麦子。

拖拉机以坦克那样沉重、不容商量的样子行进着，它的履带的钢齿碾过覆盖了绿草鲜花的草原，像一个性欲强烈的蛮横的男人在少女的胴体上留下的牙印。它是粗暴的、阴郁的，它在某种性欲表象之下执行着一种冷漠的钢铁般的命令。它对草原的强暴里不含有一丝一毫的性成分，没有一点一滴的热情和冲动，更不含有玩弄和欣赏，它是严肃地、一丝不苟地强奸了草原，破坏了巩乃斯草原与牧人之间保持了很久的青梅竹马之情而后仍然保留着的贞操。

这是一次可怕的耕耘和播种，它所含有的性质里隐藏着不易被人意识到的破坏的恐怖。它比烧杀抢掠更阴险蛮横，然而它完全不像烧杀抢掠那么容易判断，它的罪恶感是极其隐秘的。这是一次在耕耘和劳动这种旗帜下的庄严的破坏。

二十四片犁铧降下去了。

二十四片犁铧深深地插入了草原，切割的声响像某种疼痛的撕裂声，尖锐、短促，被压抑着；团团纠缠于土壤之下的草的根系，像散乱蔓延的湿润长发似的，被切断；犁铧切断每一根草的根须时，都发出一声细微的、脆裂的声响，就像斩断一根神经时那样。

拖拉机猛地顿住了。它遇到了一种从前未曾遇到过的阻力，二十四片犁铧在插进土地之后被紧紧夹住，所有的根系组成土壤里的网状防御体系，抗拒着犁铧的推进。

拖拉机喘息了一阵，重新调整了一下力量，发出猛兽的咆哮声，向前拱动。它不相信有什么能够阻挡住它。

二十四片犁铧前进了。从每一片犁铧倾斜的一侧，升起一股喷泉般翻动的波浪，褐黑色的土壤的波浪。波浪均匀地从二十四片犁铧的角隙间升起，组成一片整齐的舞蹈，起伏跳跃，训练有素，如同正在表演的少女团体操。

看起来是非常优美、非常欢快的呀！

拖拉机顷刻之间沉在草原里，变成了大海当中的一只旧驳船。它深陷着，缓缓移动着，有时候甚至给人以可能沉没的感觉。在它身后，二十四片犁铧拖拽着一个波浪跳跃的方阵……

草原被切割的声音渐次变为有规律的呻吟，而且渐渐将这呻吟转化为一种低声部的合唱。处女地最初的痛苦、疼痛、尖叫和呻吟消失了，在这低声部里，似乎渐渐有了一点舒畅或欢快。

二十四片犁铧组成的垦殖器带有明确的使土地怀孕的目的，在每一叶犁铧切入的部位，都有一个钢管向土壤注入了麦种。麦种是经过挑选的，颗粒饱满、圆润，它们将准确地进入草原的褐色壤层，潜伏下来，在季节的旗语召唤下集体哗变，奇迹般地改变草原的肤色！

二十四片犁铧昼夜兼程，无所顾忌地前进。它们是由一股强大的力量所牵引的，二十四片犁铧是二十四柄开刃的刀斧，锋快而且有力，比任何刽子手都要无情，比历史的车轮还要不管三七二十一，比军队执行命令还要坚决。

对它们来说，一路上剖开大地的肌肤，切断草的根系，有一种快感。对于天然锋利坚硬的东西来说，切断别的东西恰恰正是它的生存价值，是它的用途。正如对于斧斤来说，砍伐是它的使命，对利剑来说，刺杀是它的天性。

二十四片犁铧在草原处女地的肌肤里切断的远远不止于潮湿的土壤和花草的根须，在它们强有力的锋刃前，掀翻了的是整整一厚层牧草掩护下的世界。这是真正淋漓尽致的大颠覆、大屠戮！

草丛中有着不少的大雁、天鹅、叫天子、呱呱鸡之类的各种禽鸟的窝巢，有待孵的鸟蛋和刚刚孵出的雏鸟，这些以后会飞但现在还不能移动的生命，遇到了不可躲避的劫难。二十四片犁铧的锋刃轻易地把它们一劈两半。

还有蛇，它们的身体被腰斩成数段，在翻耕开的波浪中扭动着，痉挛着，每一段都妄图找回另一截，接上。它们在这种欲望的驱使下挣扎、移动，寻找自己生命的另一部分。

还有田鼠的一窝肉红色的后裔，还有蚯蚓的庞大家族，还有更多的甲虫、昆虫的逃难者队伍，……它们全都面临灾难，如同人类不期而遇地撞上了战争，眼睁睁地看着那二十四片神秘可怖的犁铧迎面碾压过来，把它们苦心经营的乐园一劈两半！

二十四片犁铧如同宿命一般降临，毁灭性的打击如此突然。无从躲避，无从防范，只有任其屠戮。这些小生命在毫无准备的情况下被一个庞大的事物非常偶然地毁灭。深刻的悲剧还不在于此，而在于庞大的事物并不是专门为毁灭它们而降临的。它们完全无辜，但是它们遭到了灭顶之灾。

真正的悲剧正是这样的。

被翻耕过的土壤陈列在犁铧的后面，大块大块、大片大片，像是一整块海面上的凝固的波浪。壤块裸露出来，被切断的根须也暴露在光天化日之下，显示着被宰割后的程序。土壤的秘密暴露无遗，它们躺在阳光下，散发着自身的强烈芬芳的新鲜气味儿，无可奈何。

在这些翻耕过的土块上，各种被切割的小生命，有的像战争后的伤兵那样蠕动着，有的则成为尸体半掩在土块里。

二十四片犁铧继续推进，它不管这些。但是不知是什么时候开始，二十四片犁铧的上空聚集了大批的鸟群。鸟群低低地盘旋、鸣叫，紧紧追随围绕着犁铧，仿佛是海鸟追随船尾组成的护送仪仗队。

鸟群越集越多，乌鸦、大雁、鹳、天鹅，还有成群的白鸥和各种鸟雀，鸣叫并盘旋，飞起复落下。在它们的鸣叫声和动作里，有着兴奋焦急的情绪。

它们是来争食那些翻耕出来的小动物的，也是来翻食那些刚播下的麦种的。翻耕过的土地成了一席摆给鸟群们的盛宴。

日日夜夜，它们飞去又飞来，不知疲倦地追随着犁铧，变得越来越大胆、越来越寡廉鲜耻，越来越不像鸟。尤其是那些外形高雅优美的大鸟，它们穿着那样洁白整齐的羽毛，却啄起一条蛇飞向空中，或者凶相毕露地在壤块间追杀一只伤残的小田鼠。这时候，所有的鸟原形毕露，露出了一个生命凶残贪婪的一面。

唉，生命就是生命，再美丽的生命也有丑陋的那一面。所有的生命在本质上是同等的，美具有欺骗性。

二十四片犁铧依然昼夜兼程，在春天的整整一个月的时间里，它不停顿地推进，从草原的这一头一直犁到了天的尽头。它像一艘沉重缓慢的驳船，老也不停地行使着，只有鸟群日日夜夜追随着它。

辽阔的草原以及草原上的栖息者们承受了这一划时代的灾难，无声无息。除了马达从远处传出的低沉轰响以外，这里的一切都如过去那样宁静、寂寥。

直到有一天，拖拉机犁遍了周围的草原，使一座哈萨克人的白毡房成为仅存于翻耕土地间的一块礁石、一个孤岛。凶猛的牧羊犬激烈地抗议着，围绕在这只长了二十四只脚的陌生怪兽周围跳跃、咆哮，牧犬的叫声激愤而狂怒，同时含有恐惧。

一个哈萨克老妇人从毡房里出来，她一手拄杖，一手牵着小孙子，在离毡房两米处站定。她一言不发，面色冷峻，她看着眼前发生的这一切，自始至终沉默着，没说一句话。

草原上的风掀起她的白发，露出她的额角上一道道苍老的皱纹。她向二十四片犁铧投过一道目光，那目光里凝缩了七十个冬天的寒冷！

那不是愤怒，而是藐视。

那样一个眼神扫过之后，二十四片犁铧突然不再闪闪发光，它们在一瞬间变得铁锈斑驳了，好像一指头就能弹碎。二十四片犁铧可以剖开草原的肌肤，劈斩无数种生命，切断草根、土地和顽石，但是它受不了这位老妇人沉默而又寒冷的目光，它受不了这种无言的、高贵的藐视。

游牧者的异样的沉默间的一瞥，使二十四片犁铧像二十四颗苍老衰弱的牙齿一样可怜。

还是应该常去看望一下土地

在荒山旷野中的这些创业者实在干得不错;对,连他们自己也认为这是一种奇迹。

——汉姆生

在人们的日常生活当中,值得关心一下的事情的确是太多啦——股票的行情,时局的变化,人际关系的冷暖,天气风云的变幻,甚至一些人对一些宠物的关心也大大地令人感动。

真正被忽略的,唯有土地。

忽略或者说遗忘土地,这正是大部分城市人的特征和个性。足以证明这一点的,就是几乎所有城市里的人都轻视乡下人,而且都用一个字来概括:“土!”而乡下人竟同城里人完全达成共识,绝无一人敢于跳出来抗辩,只有低眉俯首,敛气小心,以极大的忍耐和屈辱心理默默争取,有朝一日摇身一变,成为一个“城里人”。这种人往往要比真正在城市里长大的人还不“土”,山药蛋开花更招眼。衣锦还乡,俗艳逼人,而且比城里人更加倍地瞧不起乡下人。特别是这类人往往能够获得更大的成功和权力,反过来领导并左右城市的文化潮流,过去最穷的人现在花起公家的钱来反而最不吝啬,比公子哥儿派头还大。

这有什么办法？穷则思变嘛。背叛了土地的人成为城市的主人。背叛得越彻底，越决绝，在现实生存中所获取的成就和利益就越大，因而主宰一个城市的力量就越强。今天的城市文明和文化，正是在这样的一个怪圈中以飞速奔跑的姿势，原地踏步。

被忽略的土地，始终沉默着。

被忽略的土地上的人也和他们的土地一样，长时间地沉默着。

我始终不能理解的是：何以有那么些人能够轻易地背弃土地？为什么他们对自己家园的一草一木产生不了感情反而对别人陌生的水泥堆积物无限崇敬向往？的确，我看到今天的许多人已经“丧尽天良”。因为长久地疏远土地，艺术的创造力已经离人们越来越远了。今天，我们到哪儿去寻找真正的艺术呢？对，对，没有艺术，只有一些著名的小丑和玩偶。人们拜倒在这些玩意儿面前，只能说，是我们每一个人的悲哀。

还是应该常去看望一下土地。

这是一味恢复天良的、苦口的中草药，它可以帮助人们恢复一些初心正觉。去浮躁，祛病邪，补元气，正心力。如果说这世上真有什么功法的话，土地是最大的功法，是真正的原始之尊，万物之母。何况它表面上看起来静默，而实则变化无穷，江河澎湃，湖海动荡，它始终可以一碗水似的端平！它自身旋转且又围绕太阳旋转，在浩瀚的宇宙空间与众星保持平衡和距离，抵御着来自四面八方的闪闪发光的诱惑。它是母亲，它要负起责任来，让大地上的万物健康生长；它还是宇宙间的太阳系里的一个总理大臣和外交大臣，是各国领袖和政治家学习的榜样，谁也没有能耐像它那样不动声色间处理好那么多复杂的关系。

然而，我们正忽略着土地。

我们正脚不沾地、足不着土地生存在这个绿、蓝、黄几色相间的美丽星球之上，不是这样吗？我们用水泥、柏油蒙乎其上，以名鞋丝袜隔乎其间；盖起摩天大厦，似乎离大地越远就越能显出我们人类之伟大；造出宝马名车，表现得和土地之间的摩擦系数越小就越显出咱们的潇洒和本事。人为什么忽略土地呢？大约人类有一种脱离母体的本能，他始终模糊地认为还有比地球更为美丽的家园？

人类可以说是地球的不孝之子，可是也恰恰因为了这一点，人类成了地球的灵物和骄傲。尽管如此，我认为，还是应该常去看望一下土地，这对我们有好处。

赤着双足走过田埂或在沙滩上打排球是让我感动的；在海滩上沐浴阳光且在身上沾满细沙是让我感动的；登山者艰难而缓慢地一点一点向冰峰攀登是让我感动的；躺在大草原上把名牌皮鞋扔出去的瞬间是让我感动的。

“为什么我的眼里常含泪水？因为我对这土地爱得深沉。”艾青写给土地的诗句是让我感动的。

如果你在初春季节离开城市，到郊外和山林当中去，那么，你会看到积雪融化的土地在阳光下蒸腾起灰蓝色的烟雾，点点光斑游离其间。土地的芬芳正随着这些氤氲之雾弥散开来，新鲜刺鼻，沁入肺叶。久违啦，土地的气味！在不知不觉间，你会渐渐生出些许醉意，会产生出赤足裸身去亲近一下土地的愿望。然而这愿望却是淡淡的，不强烈，却存在，它让你生出一种陌生的善意和恋情。眼睛变得水汪汪的，仿佛比原来大了一圈，恢复成儿时的眼睛，看见的一切都是美的、新奇的，而且都比原来显得大。

新长出来的树叶比少女的手指头还要娇嫩可爱，仿佛以往的初春从未诞生过如此的嫩叶；泛青的树皮漾着一圈一圈儿的绿晕，像是春天的歌唱在树内心的圣殿里回荡……还有小草和石头，它们一般总是仿照一种家庭的模式组合在一起，一组一组的，一组和一组相隔有一段距离，每一组都配合得恰到好处,极有韵味。

是啊,由无数生命构成的生活就这样在土地上展开,每一年都是新的,每一秒钟都和前一秒钟不一样,这一切归功于土地、天空和时间。有一部被称为“土地的赞美诗”的长篇小说,是挪威作家汉姆生写的,书名就是《大地的成长》。这部一九二〇年获诺贝尔文学奖的经典作品,至今读来仍然妙不可言。我们这个具有数千年农耕历史的民族,竟然没有一部深深领味土地的大作品,实在是既奇怪又遗憾了。四百多个页码的长篇结尾处是这样的:“不错,英格尔曾经走过一段惊涛骇浪的人生旅程,曾经在大城市里度过一段时期;但现在她终于回到家里了;宇宙是广大的,蜂拥着无数的渺小的粒尘——英格尔也曾经是其中一粒。人在众生中无非是一粒微尘而已。

“然后黄昏来临了。”

我很喜欢这部书,包括它的书名。所以我在今天说这种话稍微有点显得不合时宜,但我还是想再重复一次,应该常去看望一下土地,就像看望母亲或情人,太频繁既然不可能,一年一次,还是很有必要,大有益处。

1999 年 8 月 30 日

干爽的高地

我习惯于自己的思想一如习惯于自己的衣裳。

——《哈扎尔辞典》

正好我最近在读两本书。一本是大名鼎鼎的法国女作家玛格丽特·杜拉的散文集《物质生活》,另一本是塞尔维亚作家米洛拉德·帕维奇的《哈扎尔辞典》,相比之下,我更喜欢后者。我回忆不起来在我读过的成千上万本书里,还有哪一部比《哈扎尔辞典》写得更好。于是我引了书中的一句话,实际上这句话与本文的内容并无多大关系。如果乘机套用一下引文的句式的话,我会这样说:“我习惯于这块干爽的高地一如习惯于自己的身体。”

我们生息的这块大陆上,无非区分为这样一些地域:高地、平原、盆地,沿海地带。我始终相信文明的起源和江河的起源保持着某些共同点,都源于高原,都迂回曲折,都需汇集各种水系才能始终保持活力,最后,都要归于大海。文明像江河那样,起源于高地的时候,是那样清澈、明亮、活泼,如同婴儿的眼睛,黑眸上充盈着水雾。直到现在,这种文明起源地上依然可以找到原始状态遗迹似的童真和可爱。

许多年来我生活在这块高地上。过去说它“荒寒”,是因为它的确人烟稀少，路途遥远。林则徐发配伊犁走了一年多，留下“从戎大漠追狐尾，惜别将军揖马头”、“几人绝域逢青眼，前度归程羡黑头”这样心哀志壮的诗句，林公少穆不愧是古今少有的完人。而今再说这块高地，荒寒不再，路途也因交通的便利缩短了。我有时难免会心中窃喜，我有何德能，竟因占了时代发展的便宜，比林公少遭了这许多苦罪！

现在，我不仅习惯了而且爱上了这块高地，正如我爱我自己。我诚心地祝愿沿海更发达，江南更秀丽，江汉平原和四川盆地更繁荣，但我还是更习惯于我这块干爽的高地。我不喜欢低凹的地方，也不喜欢阴湿潮霉的气味，而且极其讨厌老鼠。有一次我到吐鲁番，住在一个很好的招待所楼上，但当我打开窗户，一眼看到树的高枝上迅速爬动的一只大老鼠，我的情绪彻底被破坏了。几天当中我始终处于害怕和老鼠遭遇的忧惧中，永远心不在焉，环顾左右而言他。还有一次在成都一个酒店里与友人浅酌漫谈，酒店环境幽雅，隔窗是游泳池，很有情调。但是明洁镜亮的花岗岩紫星云地面上，一晃眼竟窜过一只硕鼠，躲在餐桌下，安然无惧进食。这一下大倒了我的胃口，吾之惧鼠，甚于惧虎，急告酒店侍应生，答曰“经常有的，不用在乎”。我岂能不在乎呢？若是破屋柴门、饥鼠绕床倒也合乎情理，这么漂亮的环境里忽出丑陋之鼠，实在让人恶心。

这也许是少见多怪吧，但是这个少见，正是因为长期生活在干爽的高地上的缘故。在我居住的一个城市里，也有老鼠，但很少见。它们像隐蔽很深的地下组织成员，可能是单线联系，绝少露面，压根儿没有川鼠那种主人翁似的气概。另外，我们这里夏天几乎没有蚊虫小咬，家家不设蚊帐，夏夜开窗，袒腹而眠，根本不需担心被袭咬。我觉得这真是天赐的一种福分，因为我在云南曾饱受小咬云团般的纠缠，也在西安尝到过蚊子和酷热的煎熬。

我总的来说不喜欢阴、湿、热、闷。这种气候也许适合于多种植物生长,但不适合我。而且我还相信气候不仅影响人的身体发育,同样还会影响人的性格和心理、饮食和文化。在更本质的意义上,我们这些所谓的“高等动物”和一般的生物一样受制于地理环境的影响,高等动物取掉自封的“高等”二字,就还是“动物”。

由此而产生的文化就有了明显的不同,所以我最容易接受的依然是高地上的文化。在我看来,布达拉宫气势是那么雄伟,那些筑在山上的宫殿与山势相融,借助山势而错落有致、俯临众生,使它显得更加独具风范。

电影《红河谷》里的那支歌,我一听就觉得至纯至美:“河对岸的草地上/姑娘的鞋子丢了/丢了就丢了吧/明天早晨再去买一双。”尤其到了“我的眼睛里含着你的泪水”这一句,真是直入人类良知的深处,由朴素而达深刻,启动天良,发掘本心,令人泪如雨下。什么时候听过这样好的歌呢?这就是来自高地的、未经污染、不假修饰的声音。

我承认,只有它能净化灵魂。

可惜呀,现在那些狂热的追星族们,永远追不到真正的星。

我从来不敢自诩为懂音乐的人,何况我还患有神经性耳聋。但是我看到那些耳聪目明的人正为一些愚蠢的破歌倾倒时,我就明白了,他们用耳朵听,我们用心听。这就是区别,这就是为什么他们竟然听不到高地传来的声音的原因了。

作为一个人,一个生活在高地上的人,没有充分的自知、自信,就不能取得做人的自由。从心所欲不逾矩,充分展现自己的个性,就等于充分展现那块土地的光彩。这种自知自信,不一定非要以学问、地位、财富论高低,也不一定非要以文化论高低。人不是事事靠文化活的,人创造文化,文化却不应成为人的创造精神的囚笼。人最本质的东西比文化更厉害。

1999年9月16日

哈拉沙尔随笔

我希望这是一篇散文而不是游记。游记本身就是散文,这我知道。但我仍然固执地相信它们之间的区别。

我希望这篇散文不至于用浮光掠影的水彩涂抹并败坏了山河的朴素原色。著名的博斯腾湖,盛产肥美大头鱼的开都河,夏季一望无边铺向天际的嫩绿苇子丛,毛色透着那么一股金黄劲儿的焉耆名马……等等,一般说来都是文学旅行家们比较赏识的东西。当美成为大家都能认识和理解的东西时,就应该避开它。

我遵循此训。

最后我需要说明的是:哈拉沙尔,即焉耆。而焉耆,就是那个位居天山南麓,从新疆首府乌鲁木齐出发,经托克逊南行,穿越突兀曲折的卧虎不拉沟和榆树沟而进入的盆地。

北方的嘴唇

天还没亮,我和同行的朋友"黑猫警长"(这是我在焉耆给他起的一个临时绰号)便背起行囊,穿过乌鲁木齐昏暗的街巷匆匆上路,赶往长途车站。

基本上没睡觉，我和黑猫警长就着莫合烟和红葡萄酒聊了一通宵。一走上这昏暗沉寂的街头，马上就产生出一缕几千年的早行客都产生过的“人迹板桥霜”的凄清之感。九月五更风，颇凉。一吹，头脑清醒许多，腿却发软。

早行客是凄凉而又孤独的，尤其在今天这样一个汽车多如虫、我独不得乘的世纪。在家不是千日好，出外却是时时难。唯有在面对崇山峻岭戈壁大漠之时，能使人忘记琐碎的争斗，升起崇高悲壮的美感，在大自然的神力面前宠辱皆忘。

油黑发亮的公路一直蜿蜒伸入远山，周围是空旷戈壁，在太阳下沉默无声。那公路便像一条发着光的黑色河，引诱我们的汽车发疯地向前扑，想捉住它的尽头，但总捉不住。

车子快得像船，有些飘。司机不在乎，腾出手来卷莫合烟，很熟练地用一只手划火柴，一拨，把一簇小火苗空握在掌心里，形成一个炉灶口，低头凑过去，眯着一只眼睛喷出一口蓝烟，其香使之五官挪位。

一驶进卧虎不拉沟，劈面摆在眼前一幅惊心动魄的翻车图，一辆带拖车的满载西瓜的卡车被撞翻在沟底。六个轮子朝天，驾驶舱压扁了，有一轿子车的人围在沟口，不知伤亡如何。只见满地的西瓜被压开，红红的瓜汁血水一样流。一位写诗的朋友把这些跑长途车的司机称为“新疆好汉”，实在不过分。他们虽然粗野得一言不合就能抡起搅把子打架，虽然为了会他的情人能把一车乘客扔在随便哪个荒村野店，但他们太能吃苦，粗野而又豪爽地吃苦，忍受冬天蜷缩在喷灯之下的折磨，夏天大戈壁的烈日烤灼得他们“沟槽子淌汗”，有时候热急了，就在戈壁滩上把裤子脱了，光着屁股对风吹凉，再丑反正没人看见。

这都是些玩命的人，身上有那么一点儿当兵的味儿，但是比一般的兵更随便，因为几千里长途上，全靠自己拿主意，他是驾驶室里的帝王。

到了干沟，车停下，让大伙撒个尿。干沟果然是干，满山都是风化的岩石和晒得发红的土，远看燥红浑黄，逼得人从心里感到焦渴；近了连个坐处也没有，一蹭一身白色的土渣子粉末儿。此乃最佳流放地，在这儿困上一年，没有不精神崩溃的。

解完手上车，我和黑猫警长都发现，撒泡尿的工夫，嘴唇不对劲了。

想抽烟，嘴唇被烟纸粘得疼。

在塔什店吃碗凉皮子，嘴皮子又被醋汁和辣子蜇得疼。

黑猫警长说："瞧你嘴唇皴了。"

"你的嘴也干裂了，红兮兮的。"我说。

悲惨的嘴唇，无水的山沟。在北方，这类山沟到处都是，两山相叠，像两片因干燥而张开的皮肤粗糙的嘴唇。半世纪前，尕司令马仲英的回族兵和禾加·尼牙孜的维吾尔人在这沟里打了一仗，死者上千，尸体横陈沟底，血把干沟染了个红。

现在什么都没有了，连个死人骨头也不见，除了山石泛着仿佛血水染过之后又被烈日晒旧的褐红之外，所有曾经发生过的惊心动魄的往事遗迹都被这干渴的北方之唇给吃光了，骨头渣儿也不剩。

残忍的北方。

没有古迹、墓碑的失去记忆的北方。

北方的嘴唇，就像这条卧虎不拉沟一样，毫无表情也毫不留情地撅着，一副干燥而又麻木、焦渴而又冷漠、愚蠢而又傲慢的样子。

> 大地，你吃的是什么？
>
> 你为什么这样渴？
>
> 为什么要喝这样多的眼泪和血？

依稀记起一位外国诗人的名句。

中国的犹太人

在福建省的泉州，这个明代闻名世界的大港，我参观过那里的清真寺和博物馆。我对阿訇抚胸道了一声“萨拉玛里空”，使那位头戴白帽颊留长髯的老者惊奇地睁大了眼睛。博物馆陈列着明代巨大的三桅远洋船残骸，摆满刻着阿拉伯文字和诸如依斯麻尔、赛义德之类的氏族墓碑。闻名世界的大航海家郑和的胸像和伟大的思想家李贽的故居都在这里。

我想起了生活在焉耆的这支回族人。

我想象不出他们的祖先是怎么从波斯、从阿拉伯飘洋过海，在泉州登上东方神秘而陌生的大陆；想象不出他们怎样抖开灿烂的宝石袋，换取光滑的瓷器、轻柔如云霞的丝绸和奇迹般的纸张；想象不出商业如何有这么大的力量，使人造出船只去航海，去把自己的大陆和另外的大陆联系起来，去把语言和种族之间、信仰和风尚之间的那个大海沟通……

我还想象不出来，为什么这个民族，终于没有返回他的远隔重洋的圣土，却宁静而又忧郁地在中国生息下来，扎下了深根。

尔后，他们终于失去了自己的语言和文字。

再后来，他们异国血统的特征渐渐淡化，需要在他们后代子孙的眉宇间细细分辨，才可以显示出来。

这支由勇敢的商业家和航海家组成的民族，在东方古国的人海里挣扎，以防沉没。他们用唯一的一条船保证自己的种族在历史中向前航行，这条船就是：伊斯兰教。

离开土地就会丢失语言。这是对无畏的航海者和冒险商人的惩罚吗？真主穆罕默德。

丧失信仰就会彻底消失。这是对没有了土地和语言的人们的保佑吗？真主穆罕默德。

在这样的民族当中，出现七下西洋的伟大航海家是正常的；产生离经叛道的卓越思想家是正常的；诞生一代代强悍善战的军事统帅人物也是正常的。一个民族最基本的生活方式形成了他的素质，而这种素质会穿越各种时代，体现在他的后代身上。

我想起了生活在焉耆的这支回族人。

真正的孤独啊……

隐忍、沉默的后面藏着可怕的强悍；怀疑、狡黠的不信任的目光后面有着最真诚的诺言和舍命相陪的友谊；屈辱的自卑感和深藏于心的强大自尊心的矛盾造成的痛苦；不被理解却又顽强地要保存自己所形成的隔阂；边远、贫困的落后生活方式与心比天高的自信力之间的大反差所导致的悲哀和固执心理，就造成了这种百年孤独。

百年孤独不是人人都能感到的，也不是每个民族都能感到的。

妄谈马尔克斯的人在当今已成为一种时髦，但是我敢断言，他们之中的绝大多数人把自己片刻的寂寞当成了伟大的孤独，并且把它拿在手上，像拿着一柄檀香扇那样招摇过市。

一个真正忍受过百年孤独的民族正默默无言。他们并不知道加西亚·马尔克斯这个名字。

于是我又想起了焉耆，想起了形成今天这个模样的哈拉沙尔百年史。

穿过卧虎不拉沟，来到焉耆丰沃湿润的盆地，尤其是浏览了形形色色的保留了极古朴风味的焉耆城之后，漫步开都河老桥和新桥之间的长满高大柳树的堤岸，难得不使人产生一种怅惘的感喟：这一切都是最后的了。最后的一幕。

手摇着萨巴依坐在街头唱歌乞钱的妇人是最后的了;把坐骑拴在木桩上走过去到挂着鲜红羊后腿的主人正大声吆喝的凉面铺吃面的农民是最后的了;四五个面留典型哲赫仁耶教派的胡须的老人正站在一车白杨木旁低声交谈的样子是最后的了;一位风尘仆仆然而充满幽默感和自信心的维吾尔老头,他头戴地道的喀什式巴旦木花帽,身穿黑袷袢,足蹬有套鞋的靴子,肩背褡裢从人群中独自走出来并四下张望,这个喀什人来到这南疆的门户时的装束,也是最后的了……

时间在改变着一切,包括文化和风俗,包括文化和风俗中最有味的东西。

而这些,只有在焉耆还保留着一部分,虽然也只是最后的一部分了。

是的,抚回庄已经变成了永宁公社,木架老桥已经变成钢筋水泥结构的新桥,骑着著名焉耆马的上城人已经变成戴头盔穿牛仔裤的骑摩托者,开都河挖沙子的马车夫已经变成汽车司机,沿堤而栽的百年垂柳已经作了建筑材料,河里已经很难钓到大头鱼,阿訇的儿子正在为考大学准备外语教材……

但是,哈拉沙尔一百年来的记忆是不会改变的,这记忆是被太多的鲜血浸泡着的一种胚胎,它深藏在这些人的胸腔里,不会变味,不会腐烂,它远比保存在福尔马林液里的标本有价值、有生命力。因此,仅只站在开都河老桥上欣赏河中孤岛上夕阳落照中牧马伸直的颈背是可笑的,匆匆来去的歌唱博斯腾湖连天绿浪和翩飞水鸟的旅游诗人是可笑的。

有一种更伟大的东西,正深藏在人们的缄默里。叩问它,是一件困难的事,就像要了解父亲最悲惨的往事和母亲受过的凌辱那样。既要获得信任,也须等待时机。

生活在焉耆的这支回族人啊……

失去了故土的、流洒了热血的人们哪,你们,哲赫仁耶教派的也好,虎夫耶教派的也好,告诉我,你们,中国的犹太人——

你们是怎样失去了家园的?

你们是怎样来到哈拉沙尔的?

你们的内心隐藏着的、眼神里躲闪着的,是一部什么样的真实传说和悲惨史诗呢?

告诉我,因为老人一旦死绝,传说就会失传;告诉我,因为我是你们忠实的朋友,我不是别人,而是一切民族的史诗的崇拜者……

拜访师父

少年时,我曾有过一位名叫依斯迈尔的回族朋友,那年秋天,我们全家刚刚从北京搬到乌鲁木齐,怀着满肚子的新鲜劲儿窜到机关院子里东张西望的时候,第一眼就发现了这个同龄少年。

他几乎穿了一身苏式小军装,黄呢马裤下,有一双黑色的翻毛骑兵马靴,当时这就使我羡慕到了极点。何况他长得又漂亮,又神气,精通维汉两种语言,活像电影里的人物。我俩像两只陌生的小狗那样谨慎小心地互相打量、试探之后,很快就熟悉起来。他主动教给我维吾尔语,把最常用的骂人话教成"你好",并怂恿我对迎面走来的维族人讲,其结果当然非常狼狈。

后来到十二三岁上初中的时候,他便主动向我透露早熟少年的秘密,他告诉我他曾在他舅舅新婚之日趴在房顶的小天窗上偷看了全过程,还曾趁停电的时候亲吻过一个女孩子等等。这种在我看来大逆不道、听来恐慌羞愧的事,依斯迈尔毫不在乎,谈得津津有味。现在我渐渐明白,在性的启蒙中,不同的民族在观念上有相当大的差异。在之后数年的交往中,我和依斯迈尔的外交关系时好时坏,有战有和。和的时候他又会告诉我一些新秘密,战的时候各自拉起人马打个鼻青脸肿。最能让他沮丧的是我方全体人马齐唱一只破坏民族团结的顺口溜,这恐怕是对穆斯林最大的侮辱。

当时不懂,现在想来真对不起依斯迈尔。初中二年级的时候,他随父母去了伊犁,就再没有见到。

一晃将近三十年过去了,我带着这么一点对回族人的偏见和肤浅的了解,陪同一位回族作家来到回族聚居的哈拉沙尔,而我对伊斯兰教和回民风习又知之甚少,所以当我坐在黑猫警长的自行车后捎架上向他讲述这段往事的时候,黑猫警长扭过他头发蓬散的大脑袋,以纯种回族人的身份向我发出警告了:

“把你的烂顺口溜藏起来,千万不敢露出半句!”

“到了师父家,绝不要抽烟!”

“对师父只能称师父,不能直呼姓名!”

好、好、好。这三戒弄得人很紧张,如同一个驻外武官初次拜见人家的总统。这师父,不是一般北京人、上海人所常用的师傅,这两个字的权威和含义是伊斯兰教之外的人所不理解的。师父和师爷,都是一方或一系教派的领袖人物,而且是世袭的。

待到穿过郊外的街巷、树林、菜地,到了师父马洪武家的时候,才感到果然名不虚传。

师父不在。师娘很有礼貌也很有分寸地把我们让进庭院。看那师娘,五十上下,衣饰整洁,和眉笑目甚有福相。问明我们身份、来意,便让进家中,泡上糖茶,端来蛋糕、点心招待。师娘的举止态度,使人觉得好似她把农家主妇的谦恭朴实和贵夫人的礼仪庄重巧妙地融合在自己身上。她不像一般有点权势人家的主妇,对没什么用处的客人冷慢,对关系实际利益的人又显出过分的热情,同时还时时处处提醒你别忘了她的地位。比较起来，她在那种本分农妇的朴实后面，还真有那么一点丝毫也不夸耀，却让人不能不感到的贵气。

一排整齐的砖房相连，顶头横出一间大客厅，陈设不在县委小会议室之下。家里非常洁净，电扇冰箱均有，沙发躺椅旁，是每个回族人家都有的大炕，上面铺着一幅图饰典雅的和田大地毯。

那庭院里，就更是震人。

不下几十种各色繁花开得让人不敢置信，挤满了半个庭院。有栽在地上的，有栽在花盆里的，还有的栽在木板箍成的大桶里。几株高大得像树一样的红蓖麻，给人造成一种特殊的异国情调，美极了！想不到在这偏僻小城郊柳菜畦之后，竟有如此极富生趣的田园仙境！

爱整洁，爱花。回族人即使是被追杀得十之不剩一二，从他们的故乡河州，湟水历尽艰辛、受尽冤苦来在这焉耆，也不肯苟且地生、肮脏地活……这是一支怎样顽强地热爱生活的人们哪！血一样鲜艳的红花灿烂盛开在每一家回民的庭院时，花便不是一件仅供观赏的玩物，而成了一种精神，一种不屈不挠、令人钦佩的生活态度！

遗憾的是，师父马洪武不在家。征得师娘同意，凑近观看了压在玻璃板下的照片。这些照片，均系现任宁夏政府副主席的师爷马腾霭参加昌吉回族自治州三十年大庆时来焉耆与师父的合影。其中有一张，望之令人肃然。

在秋草枯黄的哈拉沙尔草原上，两位老者头戴黑色六角帽，足蹬黑面开口纳底布鞋，各骑一匹焉耆神骏——一匹黄骠马、一匹青鬃马，勒马迎风而立。马如龙，人如虎，其凝重威严风采实为罕见，直叫人想起百年前“河湟事变”时率十万回民与左宗棠的清廷官兵血战的统帅人物……

师爷马腾霭，身材匀称魁伟，面容英武；

师父马洪武，身躯矮壮，浓眉大眼豹头；

两人均有古人相,这是在常人中少见的。

“他到寺里去了,你们屋儿里头坐坐,他一阵儿就回来咧。”师娘让我们等。

再等就是等吃饭了,不好。起身告辞,说声“我们下回还来呢”,被师娘送至大门。

师父没寻见,但是情绪变得十分兴奋,和黑猫警长边走边谈论,陪我们来的回族青年小马脸上有一点矜持着的笑意。

正走到街面上,突然小马低声叫了一句:“那不是师父来了吗!”他随声手臂一扬。

远远的寺门外,容易起尘的街面上,有一个老者缓缓行来,头戴一顶遮阳草帽。

左宗棠的后代

只要是能有机会倾听阅世极深而精神不颓的老人大讲掌故,那就算有福了。你听着听着,很容易就会发现,历史本身比所有的小说更具有绝妙的情节和矛盾冲突。而这些传奇式的故事不是谁编织构思的,它是真实存在过的。

那天晚上,当我们在回族青年小马的引荐下来到工程师苏老的家里,听他一边吃着汤揪片子、一边滔滔不绝地讲述焉耆往事的时候,我脑子里就闪出了上面的想法。

大将西征尚未还,
湖湘子弟满天山;
遍栽杨柳三千里,

未因春风度玉关。

这是左宗棠督师新疆时留下的著名诗篇。左宗棠不仅留下了古老苍劲的“左公柳”,同时也因剿杀回民起义和打击准噶尔部在新疆结怨。前人功过是非不好妄评,有趣的是一则旧事,这是苏老在谈到国民党在焉耆的吏治时告诉我们的。

国民党时期,焉耆一任专员竟是左宗棠的四世孙,名叫左庶平。此公一上任,轻骑简从去了当时焉耆最穷最边远的若羌县,到了那里便要去访当地年事最高的老人。县衙门一查,最老的当属一个看坟地的维吾尔孤老头,九十余岁,无儿无女,晚景凄凉。

这位左大专员当真去了,钻进黑乎乎、冷冰冰的破窑洞里,找见那位维吾尔高龄人。那老人站起身来;竟然足有两米之高!老人不知有专员,只知有道台,感激之下,不明来历竟脱口说出“我是当年和左宗棠打过仗的!”随从的人一听,这下糟了,左宗棠的四世孙访着了一个和他先人打过仗的维吾尔族人,那还有你的好呀?

不料这位左公后裔把大拇指一伸,大声夸赞道:“好!敢和我祖爷爷打仗的人是好样的,是巴特尔(维吾尔语:英雄)!”

接着他又说:“过去的事已经过去了,不提它了。我爷爷那时候杀过你们的人,现在我来还欠下你们的情来啦!”说罢,命令左右为这老人盖三间新房,每月送柴、送米,每年置买衣服,所需银两,从专员公署拨给。

此事传开,左宗棠的孙子如何胸怀大度、体恤民生的传闻便遍及焉耆各地,使不少人感激涕零。

这叫变不利因素为有利因素,也可以叫做“抓典型”。只不过在万千饥民中安抚了一个,却一下蒙蔽了所有的人,赢得少数民族的信任。仅此一招,不能不承认这位左公后裔有统治术,懂得一点做政治思想工作的诀窍。不然,哈拉沙尔遍地都是他的世仇,他怎么能立足做官呢?

不管怎么说,乃祖左宗棠是一位雄才大略的历史人物,他作为清朝的大吏而力保清朝的江山总算不是吃谁的饭砸谁的锅,东边的水灾刚堵住,又去西边灭火,为千疮百孔、摇摇欲坠的朝廷忙得不可开交。尔后,竟以七十高龄督师新疆,抬棺而战,平阿古柏叛乱,收复伊犁,即使我们今天想起来,也深知其不易。当然他也镇压了太平军,残酷围杀了白彦虎领导的回民起义和“河湟事变”的十数万英勇不屈的回民……而这两支人马,就是今天焉耆回民的来历。

这就又让人想起历史……是谁创造的?

人民——这当然没错。但是在“人民”这一极其富有概括力的概念中,包不包括岳飞、文天祥、海瑞、王安石这些官呢?包不包括唱《大风歌》的汉高祖、被誉为“天可汗”的唐太宗、统一中国的秦始皇、“一代天骄”成吉思汗和爱新觉罗·玄烨以及“始为僧继为王终为帝”的明太祖呢?

中华民族的历史不仅仅是汉族的历史,历代帝王、名臣、保国有功的武将中就不知有多少是少数民族。因而,把“异族统治”看作是耻辱,其实只是一种狭隘的观点。

中华民族的历史也不仅仅是被压迫者的历史,不管那上面写着的是光荣还是耻辱,是灿烂的文化还是腐败的政治,是荒谬的千古之谜还是坦荡的正气歌,历史都是不容修改的。她应该是矛盾的双方或多方在斗争中共同创造的。历史是黄河,鱼龙混杂泥沙俱下,灌溉土地淹没村庄,雄雄浑浑曲曲折折地流过无数年代……

在这条永不衰竭的伟大河流中,每一朵黄色的浪花——每个普通的人,都在其中随之腾跃、浮沉,以一瞬间的短暂生命去挣扎、去表演、去构成她滔滔不绝的永恒。善也罢,恶也罢;美也罢,丑也罢;真也罢,假也罢;不善不恶亦美亦丑半真半假的货色也罢,谁能否认它们曾经是这条河流中的一部分呢？而谁又能保证它们将来就不在这河流中继续翻腾呢？

哦，黄河！你这条混浊的不清不白的、你这条曲折的多灾多难的，但是却咆哮威严、浑厚朴实、奔腾有力的伟大之河啊，谁要是不理解你的浑浊、你的泥沙、你的羊粪蛋儿和草棍棍，谁就永远也不能理解你……

那天晚上，我们在苏老家听得精神抖擞，两目生光。而这位剃着光头、长着雄马般粗壮脖颈的回族老人也仿佛如遇忘年交，他简直是滔滔不绝，神采焕发，就连他做的手势，也完全不像一个老人而像一个壮汉那么强烈有力。他一会儿像个说书人，巧设悬念，直视听众，猛然以掌击案，说出一个意料之外的结局，使人魂魄为之震动！一会儿又俨然是位胸怀韬略的隐士，分析天下时局，俯瞰人间剧变，指点评论新疆半世纪的历史事件和风云人物，常有独到之见。特别是讲起他自己一生的经历，不矜不夸，不悔不怨，对自己的得意时和伤心处，均以"黑色幽默"的态度对之，显示出一个历尽沧桑的老人超然的眼光。

这种老人可算是没有空到人世来一趟了。吃了不少苦，受了不少罪，到老，悟出了不少人生的道理。这些道理不是从哪本教科书上抄来的，也不是从哪篇社论里背来的，是他人生的宝贵经验和惨痛教训，是直面自己的生活琢磨出来的。这就不得了，因为多少老人到死，也终于没学会用自己的脑袋去想透一个道理。相比之下，那些人不是太可悲了吗？同样，和一些读了不少书便狂妄得"登泰山而天下小"的年轻人相比，他的道理虽不时髦，也不深奥炫目，却是像枝干一样是从树的身躯上生长出来的，而不少年轻人的理论，却是时装，今天可以穿在身上，明天可以脱了换另一件……

普普通通"无官一身轻"的人们哪，你们当中可真有一些隐士、豪杰、智者、高人呢！飘洒度日月，耕织过人生。无冠无冕、大彻大悟，无车无鱼、不哀不怨。庸庸众生中有不庸俗之辈，平平日月中有非寻常之人。为官者，且莫傲慢轻松！须知，治下可是真有远比尔等高明的人物呀……

抚回庄小住

从乌鲁木齐出发前的那天晚上，黑猫警长就和我商定，到了焉耆，把在县城里该办的事情办完之后，就一头扎到某个回族老乡家里。他已经在甘肃、宁夏的回族农民家里住过，感受极深，而且建立了很深的感情。他事先一再提醒我，"准备好了吃苦吧。"

征求了县委的意见和安排，我们住进了永宁公社抚回庄一位姓沈的回族老人家里。

沈老与苏老又不一样了。苏老有慷慨激昂、年既老而不衰的热血气质，沈老却飘逸、恬淡，有那么点仙风道骨。他高高瘦瘦的，面容清峻得很，颊边留着梳理得很干净的胡子，衣服也整洁，看得出，年轻时是个整齐人物。儿子成家，女儿工作，家中只有他和老伴，极是清净。

那天县委送我们的车子驶进弯弯绕绕的农庄土路，停在他家苇墙外的时候，一眼瞥进庭院，头一个印象就是到了个好去处。进门就见又是满院鲜花，又是几簇高大如树的红蓖麻，庭院地铺白沙，井口锁着木盖；四间大房成丁字形，白墙蓝窗框，一尘不染。院中鸡窝旁养了一只半大小黑狗，装模作样还在那儿假积极地乱扑乱叫，沈老回头淡淡一笑，找了个木桩，拿了个榔头，把狗链子解开，那狗便稀里糊涂钻在他腿巴子中间被牵到院尽头菜地边，木桩子一钉，狗链子一拴，那年轻幼稚的黑狗便因得罪了我们而搬了家，很沮丧地卧在那里。

在沈老家这么一住，就像进了世外桃源。

这才发现，世界原本是这么宁静，静得常能听见自己耳鸣的声音。同时也才感到，夜晚原来是这么黑，黑得不拿电筒就无法出门。雪白的墙壁在电灯光下组成一种很有幸福意味的氛围，被屋外无边的浓重的黑夜包围，像海水中一个仅容灯塔的小岛。

黑猫警长："刷地一下，我的心就全静下来了。"

而我体会最深的是早晨。早晨起了床，在南瓜架下刷牙，不小心总会头撞上某个南瓜；然后去屋后种满了白杨树的苗圃解手，一路走过去，牵肠动肺的喷嚏就响亮地打个没完。让人纳闷，怎么搞的？又没感冒。后来才明白，空气太清新了，像一股清洌洁净的泉水那样，使长期在城市呼吸沉闷污浊空气的肺和鼻腔受了强刺激。

"真美啊！真是美透啦！"

我和黑猫警长不断异口同声发出感叹。我们几乎忘了到这儿来干什么了，每天被沈老弄得晕晕乎乎，一只羊挂在厨房里，三顿饭变着花样地吃，顿顿填到嗓子眼儿上；接着就是一托盘切好的西瓜，然后一杯酽酽的糖茶。只三天，晚上睡觉就觉出肚皮上积了肉，本来睡觉挺平稳的，现在也打起呼噜来了。"这才叫过日子哪！"我们就这么每天中午把躺椅搬出去，在阳光媚人的花丛中读书，读《文史资料》中的马仲英，读包尔汉的《新疆五十年》；有时陪沈老出外散步，陪一位白帽蓝衫布鞋、步态风姿潇洒的老人漫步抚回庄，听他讲古，讲庄园人家，讲坟头衰草，这滋味儿，别有一番神气贯于心、悠然通于步的感觉。这和在都市汽车的挤压间紧张匆忙地去上班，完全是两种境界了。

沈老腾给我们一间最大的房间，中堂悬着一幅意为"阿里的宝剑"的阿拉伯文书法。晚上我们三个常常漫无边际地聊到深夜，聊的不外是"河湟事变"时的那些惊心动魄的往事，不外是战将刘四，师父马林，义军首领白彦虎，尕司令马仲英的传奇故事；乾隆四十六年，光绪三年，光绪二十三年是他们忘不了的年号；走敦煌，进昌马儿山，转辗罗布淖尔，会战红柳峡，是他们一代一代清晰记得的地名和路线。

起义是何等悲壮，迁徙是多么艰险，失败又是怎样冤苦……

那因金积堡被一箭射杀的左宗棠的勇将刘崧山而遭城破之屠戮的，岂止是马化隆一家百口；红柳峡一役战败，首领被悬杆刀剐之时，数千回民伏地恸哭的声音，岂止声传了十里山关；而那位被发配伊犁将军府为奴的道祖奶奶，竟手刃其全家十余口，投案自首，令县官也不能不钦佩她的勇气，沉吟良久，叹曰："真烈妇人也。斩之……"

难怪范长江在《中国的西北角》一书中，屡次提到回民的强悍。他到凉州时有这么一段描写："惟人事方面，则汉人十九身体孱弱，衣服褴褛，鸦片烟残害后的苍黄瘦脸，挂在多半的汉人头上！凡是身体壮实，衣服整齐，骑高骡大马者，都是回回！"

范长江是汉族人。我想他写这些文字的时候，内心一定是很哀痛的。一个孱弱的被鸦片麻醉的民族，一个松散的没有凝聚力的民族，一个彼此争斗不息却木然地忍受外侮的民族，在那个列强分割世界的时代，怎能不令人哀恨呢？

而焉耆回民，以十万之众被戮杀得只剩几千妇孺，安抚在尉犁蒲昌，后转辗千里，终于又迁至开都河南岸，命名为抚回庄的地方。这不由人不想起那支匈奴人唱过的悲歌："失我焉支山，使我妇女无颜色！失我祁连山，使我六畜不繁息。"

无论历史的功过如何评价，一支流血抗争、被迫迁徙的民族，他们百年不绝的痛苦记忆是令人闻之落泪的，何况这又是一个那样能够忍耐的民族呢！

后来我们谈得更多，更轻松的话题是马仲英，这个回族兵的尕司令，民国以来把个盛世才统治的新疆搅扰得天昏地暗，不是当时苏联帮忙，真要把盛世才的天下给夺了。

马仲英是个传奇人物，也是个今天看来很滑稽的角色。听听传闻，你简直弄不清他究竟是怎么回事。“骑大马来背钢枪,富户门前要粮饷,大姑娘捎在马上。”你要听他这军中歌谣,就以为是群土匪或绿林好汉;可他是新编三十六师师长,是尕司令,自称回族青年领袖。有的老人背得出他当年录在唱片上的训话,虽然所有的转折语都一律用的是“而且”,但那话语间常跳出的词汇却是 “同志们”、“革命”、“打倒军阀”、“向着世界新潮流”等等的进步名堂。他和冯玉祥打仗的时候,给他的部队起了个十分可笑的名字,叫“黑虎吸冯军”。黑虎,而且——吸,这简直不伦不类古色古香到了极点,而且冠以军名,足见这位尕司令的天真有趣一面!

马仲英年轻,会打仗,与冯玉祥作战,战则必胜。后来冯军调来了吉鸿昌部,这个抗日名将武器装备比他好,马仲英激战后失败,才引兵来夺盛世才的新疆。盛世才给他南疆司令,他不干,要全新疆,于是两军会战紫泥泉。天公不让少年气盛的马仲英,七月飞雪,马军无寒衣,冻不能战,结果兵败。尔后重振旗鼓兵逼城下,却又遭了苏联人的飞机轰炸,回族骑兵没见过空军,只好退兵南疆。马仲英对飞机这玩意儿从此佩服得要命,竟带了一帮子军官去了苏联,亲自学习开飞机……

这都是马仲英的故事。听来听去,我脑子里不知怎么就叠出了《三国演义》里五虎上将西凉马超的样子。老觉得马超也是个回族,而且是马仲英的祖先。一脉相承的少年气盛,勇不可当!一脉相承的有勇无谋,顽蛮可爱!他代表的政治力量也许是反动的,或者说是糊涂的,但他作为一个军人,作为一个人,却十分有个性……

后来,黑猫警长去了他的老家,访着了马仲英的结发妻。那妇人年近七十,一举一动犹有风姿。墙上贴着马仲英的照片,观者无不赞叹为盖世美男子!

马仲英走时留下的遗腹子已经五十岁了,都说马仲英死在苏联,那妇人偏不信,守寡五十年,坚等其必归。若是仅说爱情,这种坚贞的信念也算罕见的了；而能使一美妇人苦等半个世纪，那男子的魅力是可以想象到了何种程度。

但是马仲英看来是不会转回来了，可怜的却又让人佩服的妇人！她的苦等不幸应了沈老有一天偶尔唱给我们的俚谣，那是唱的一笔不可能还的钱——

> 要想还你的钱，等到那一年：
>
> 哪一年，那(音内)一年，山里的黄嵩长成林，解成板，钉成船，打到江里游几年；哪一年，那一年，船烂了，拆钉子，拆下钉子打弯镰，打下弯镰割黄刺，割下黄刺罩路边，罩在路边挂羊毛，挂下羊毛捻毛线，织毛毯。走云南，下四川，卖了毛毯再还你的钱！

这显然是没指望的事。在时代的大潮流面前，个人的某种品格，有时候会显得多么无力！这就像滔滔大浪之旁，岸上的一粒砂石等待急流漩涡中的某片草叶那么无望……但是除此之外，那妇人还能有什么比这更好、更令人感动的选择呢？在一个肉欲横流而转眼便被遗忘的世界上，倘使果然还有所谓“真正的爱情”，那么我以为，此为一例。

师父和中坊寺

……远远的寺门外，容易起尘的街面上，有一位老者缓缓行来，头戴一顶遮阳草帽。

那就是师父马洪武。

和在他家照片上看到的那位骑黄骠马的、身躯矮壮、浓眉大眼豹头的样子不差分毫，只是在现实生活中，他显得真实了。若是不细致观察注意，他像街面上行过的一个形象特殊、举止高贵的农民；但是和他一接触，就感到他身上有某种内在的魅力，有一种含而不露、分寸得当的权威感。

这种权威感不是装出来的，因为他穿得很朴素，身后又没有随从。这是一种对自身使命非常理解而笃信的人才有的庄严气派。我见过不少自以为很权威的人装出的权威相，虽然他们有时从地位标志很明显的小卧车里走出来，故意目不旁视，背起手，但总不成功。因为除了很不自在之外，最不幸的是在他们的眼神和举措中，缺乏使命感，而且流露着一种小人得志的庸人气味。

那天在街面上曾和师父约定，三天后他将在中坊寺请几位乡老和我们座谈，为我们的回族迁徙历史调查提供资料。过了两天，他专门让回族青年小马骑自行车到抚回庄沈老家通知我们，座谈会推后，改在他家。因为有家教民死了人，他得去作乃麻子。这是完全可以理解的急办之事，但他还是没忘记事先通知我们，足见师父办事认真、守信用。

开座谈会那天，到了师父家，他那间大客厅里已经坐了不少人。有已经退休的县政府科部长，有对老辈子人的事知道比较多的老年人，还有不少中坊寺里的阿訇和帮忙的人。

我们的房东沈老和我们一起来了，他曾任过若羌县解放后第一任县长，退休后，也常在中坊寺里帮个忙什么的。他是穆斯林。这天他显得格外兴奋和忙碌，因为我们两个是住在他家里的，他便像半个主人似的，忙着给大家端茶倒水。

一切场面应付，都是黑猫警长的事。他是著名的回族作家，来专程了解回族人的事，师父如此礼遇，当然有很大成分是源于对本民族知识分子的感情。而我，就乘机可以毫无负担地观察在座的人，使我略感奇怪的是，来的虽然都是年过五旬的人，却大都虎背熊腰，体魄粗壮。他们有的显得拘束不安，把夹在两腿间的粗大手掌搓来搓去；有的老练些，坐在沙发上沉默着，用目光不时地打量我们，仿佛要从我们脸上找出答案，弄清这两个人到底是来干什么的。

黑猫警长深通本民族心理。他的发言诚恳、朴实，丝毫不去夸耀自己的作家本钱，而是作为小学生。在讲明此番来意的过程中，也稍稍表露出一点自己对西北回民历史及现状的关心和了解。总之，看来他很快就取得了信任。有些东西，是外人一下弄不懂的，那么多人名、地名、事件，横跨西北几个省、贯穿前后百余年，还有一些宗教术语、特殊风习，作为一门学问来研究都足以耗费人一生的时间。所以我只能通过一种氛围，通过人们脸上微妙的变化，通过讲话人低沉的语调，去想象和理解那些复杂而又凄凉的往事，去把多少天来断断续续听到的一些历史的片断，对接、粘合在一起，以便努力使之形成一部完整的长卷。

我渐渐弄清了一些点滴的关系：

攻金积堡时战死的左宗棠麾下勇将刘崧山，原来就是以后代左宗棠治理新疆的名将刘锦棠之父。其父战死，所以有了金积堡屠戮。湖湘子弟虽然扮演了清政府灭火队的不光彩角色，但毕竟属于汉民族中的强悍分子。杀来杀去，把中华民族各族中有血性、敢拼命的好男儿都消耗掉了，留下一些庸人执掌朝纲……真是让人扼腕惋惜！

“河湟事变”的领导人之一师父马林，原来就是坐在我们面前的师父马洪武的爷爷。难怪从他骑黄骠马的照片上，很容易让人联想到统帅十万回民起事的人物呢！这阵子，师父马洪武正讲述并回忆那段他听父辈讲过的往事，他的眉毛浓黑而奇长，语调渐渐有一点哽咽，“听我们爸爸说，那时候我们爷爷带着人马……”

他不会说官场套话，讲着讲着，就动了感情。他停顿下来，控制住了自己，然后粲然一笑。

他的眉毛浓黑而奇长,我很惊异他这种异人之相。眉毛不是头发,不会有人理掉,大家都是任凭它去长。可是为什么只有他的眉毛,能够长得那么浓密黑长呢?我很奇怪。

会开得不长,大概是因为那是一段不愿提起的往事。会后,师父请我们在座的人吃了一顿极丰盛的午餐,充满了伊斯兰风味,一托盘一托盘的抓饭、烤肉、烤包子、葡萄、甜瓜,能让人吃出豪情来。很难忘。

师父的款待和友情,像无形的通行证,使我们处处受到优待。临别那天,我们专去中坊寺告别,寺里的虎背熊腰人物竟背来一麻袋甜瓜,几个桌子摆在一起,不管吃了吃不了,全部切开。"吃!好好吃!"这些壮汉就只用这句话表示信任和好感。那场面,令库尔勒军分区来接我们的宣传干事大为妒羡,他说,在新疆快十年了,没见过吃瓜这么威风……

中坊寺就坐落在公路边,一弯新月高悬,寺前种满了鲜艳的花,我们在花间合影。凝视那花时,恰有微风拂动,枝叶在摇,花朵在摇,摇得人直觉得那花儿们似乎有了灵气,有了表情和声音……

这么通人性的花,从来没见过。

开都河边

在焉耆的那些日子,我们几乎每天或隔两天总要到开都河边上去走走。焉耆这地方很集中,几乎是沿着开都河这段宽阔的水域而形成的,县城也好,抚回庄也好,都离这条河很近,它们彼此隔河相望。在开都河那边岸上走,可以听见隐隐叫卖的声音,汽车喇叭的声音和匆匆来去的人们的脚步声、自行车铃声、摩托车突突声,而且随便穿过哪条居民区,很快就可以直接出现在大街上。在抚回庄那边岸上走,就显得有点田园诗味儿,长长的鸡鸣,冷不丁儿的犬吠,赶毛驴车的老头,骑在横斜柳树枝干上的小孩等等。

仅只一河之隔，两边离得很近。

河流无疑会给在土地上生息的人们一种流畅贯通的灵气，这也许不是人们明确觉察到的，但没有河流的地方和有河流的地方不一样，只有一条小河的地方和有大河贯穿的地方不一样，河流不仅养育人们浇灌庄稼，同时还养育文化和风俗。我们来到哈拉沙尔的第一天，就感觉到这种东西，感觉到河流——开都河对这里的人们产生的影响。

我觉得开都河平稳而宽阔的水流给了焉耆人一种安居乐业的稳定和自足的心理，使他们从每天都要看到的这种波纹中获得悠然打发岁月的旋律和不慌不忙、安之若素的平稳状态。因而，这里有某种十分古朴的、不易为现实影响左右的氛围。这里有相当多的人，你简直弄不清他们活着究竟还有什么非追求不可的东西，他们有这条河，有了这个赖以安身立命的丰饶盆地，充分地享受它，这就够了。

开都河当然也给了焉耆人一种情趣，一种点缀人生的回忆。这体现在很多小孩聚在河边垂钓，在玻璃瓶里装满了小手指头大小的鱼崽子，这和没有这样一条河的孩子们玩耍的名堂比较起来，就大不一样了。至于在河边洗衣的妇人们，在垂柳下读书的女学生们，在深秋的河滩上只穿一条裤衩拉网捕鱼的小青年们，就更让人感到生趣盎然。她们是不是非到河里才能洗衣服？她们是否非在河边柳荫下才好读书温课？他们是否非得捕出一网大头鱼才能养家糊口？看那样子不像。河流给了一群普通家庭妇女以洗衣唠话的乐趣，以把手臂伸在流动的水波中的快感，以把每天繁琐生活中积郁的自哀自怜之情冲走的莫名的欢欣……河流也让那些似乎在读书的女孩儿们望着书本发呆，痴痴地望着，耳边是轻柔如低语的流水声，这暗暗地注入她们灵魂里一种神秘的向往，一种对岁月流逝和未来生活的忧郁。而那些用网捕鱼的年轻人，他们或许网中并没捕捞到什么像样的鱼,但是却找到了将自己的身体沉浸在温柔宽阔的流水中的借口……

在老桥和新桥之间,我们还是更愿意在老桥上散步。老桥是木架的,两头都设置了铁的路障,禁止车辆通行,连毛驴车也禁止。只容摩托车、自行车、骑马的人和步行者,即便如此,行于桥上时,只要有摩托车驶过,就会明显地感到桥身震颤。所以散步在老桥上是一种享受,你明明知道这桥快完蛋了,颤颤悠悠了,走在桥上才有了对它的珍惜心理,一股从今以后再不能这么走了的留恋之心,一种对完成使命的旧事物怅然怀念的情绪。何况站在这老桥上,可以充分感受到前人用较原始的建筑方式在这条大河上架桥的不易,也可以像站在某个遗迹旁那样,眺望远处的落日,近处的河滩,长满杂草灌丛的淤泥积沙形成的孤岛……这就是说,新桥虽然更适用,更符合时代需求,但它的实用意义正远超过审美价值;而老桥,实用意义逐渐丧失的过程中,审美价值却开始凸现出来了。

可惜我们已经听说,老桥即将被拆除,在它的位置上,预备再造一座新桥。这……只能让人毫无办法!近切的功利使很多人变得目光短浅,对付开都河的洪水季节也一样,把沿岸固堤的大量垂柳砍伐了,却年年向河里丢下大量的水泥、铁丝网住的石块,年年在岸上堆土,使原来非常幽雅的河岸燥土飞尘,河边不时露出一截粗铁丝,凶险地刺出水面,仿佛是个埋着水雷的危险水域,把河流的美感破坏殆尽。这大概要比“清流濯足”、“松下喝道”更为煞风景吧?

一日与沈老、黑猫警长漫行老桥桥头,见桥头有一屋院,院中有一位老头正独自卸毛驴车,其表情怪异。沈老便说:“这个看桥的老汉,倒霉得很。”

我们好奇,便问。沈老慢悠悠边走边说。

原来这老汉孤独一人,一辈子省吃俭用,积了几千块钱。人一有了钱,便动了心,老了老了却不知怎么谈上个年轻漂亮寡妇。那寡妇带着两个孩子嫁了他,有孩子也没什么,好好过日子吧,也算不错。谁知人家年轻女人早有相好,嫁他是一着棋,骗他呢！不上几天,人家跟上相好的男人私奔了,几千块钱全拿走了,可把两个娃娃给老汉扔下了。那女人也算把老汉的厚道肠肚看透了,敢把亲生亲养的两个娃娃扔给他。这不是,老汉把钱丢了,老婆跑了,白捡了两个人家的娃娃,只好当自己的养上,这就又才撅着老沟子干开活了。

沈老边走边说,边说边摇头。

我却不禁扭回头,又重新看了一眼那老汉和他的屋院,仿佛是看见了《醒世恒言》里的活了的人物,在这老桥边重演那出善恶、美丑、真假的永恒故事……

后来,我们终于又走到这座颤颤悠悠的桥上,站定,三个人默默无言浴在河尽头粲然的晚照里,各怀心思似的临桥俯视身下的河水,那河水,此时反而毫无声息地流过去,从夕阳里流出来,若血一般红;待流至近处,又灰白如乳浆。然后静悄悄地从桥下滑过去,像滑过一个界限、一座衰老的木头大门,连浪花也不溅起一个,就消失在远方了。

"逝者如斯夫……"我只有捡起这句老话,用以表达这时复杂的瞬间感受。

"是呀。多少人凝望过河水,写过河流,但是几千年过去了,你还是不得不佩服那位孔大圣人,他用五个字,把河给概括了！"

黑猫警长俯身河水,发出一声长叹。

我知道他为什么叹息,因为他写过《北方的河》。

1985年12月6日写于乌鲁木齐北山坡

领略巫山

夜四点，船至巫山县，泊住让我们下。

巫山县幽暗地踞于伸向码头的近百级石阶上，它正湿淋淋地等着我们。它唯一用以迎接我们的是，这场堪称豪华的滂沱大雨。

这才不愧是云的窠穴、雨的卧室，否则哪里能下得这样豪华，这样浪费，这样不懂得节约和心疼？在深夜的淡黄光影里，无数的雨点直射江面，你眼见得那江面就一耸一涌地升高了、增厚了；而高高的石阶就成了妇人的洗衣板，一层层的水在上面摔打、撞碎，然后聚合成溪，从高阶上一阶一阶收不住脚地往下跌滚；山，黝黝地古怪，湿淋淋仿佛快泡塌了。

伞少人多。与叶公共一伞，瞬时已成半干半湿之人；石阶甚高，急而之下携叶公狂窜，一口气连跃数十阶，仓室进车，方见叶公面色刷白叫苦不迭："这小子想把我累死！想停也停不住。"这才想到叶公年近六十满头华发，虽筋骨强健异常，毕竟禁不住这样拖泥带水没命似的逃窜，只好暗自惭愧了一分多钟。

是夜宿于巫山县人民武装部，雨仍下得时缓时急。仰卧于木板床上，望着些墙边棚顶的雨痕水迹，听夜雨低诉，闻隔壁鼾声，实在觉得出一股潮湿凄凉异地为客的滋味儿，而这滋味，全因这些雨声勾扯出来。

你就很容易地理解了七百年前赶考的秀才或赴任的官吏，因豪雨受阻，歇在这样一座长江边上的小小山城，夜半秉烛，孤馆吟诗，便不料得了独具神韵的名句，大约是“君问归期未有期，巴山夜雨涨秋池”吧。那秋池，你可以想象为院中的一个小池，也可以恍然意会为整个长江或东海……致使数百年后你又偶然遭遇这样的意境，馆驿大异、人事全非，雨却是同样的——豪华而著名的巫山云雨。于是那秀才品味出的两句滋味便自己走出你的唇舌之间，如亡魂之入新体，使你茫然不知此身与七百年前赶考秀才相距究竟有几尺之遥。

你几乎觉得一伸手，就能拽住那人的袍子问：“君即李商隐乎？”只是不去拽，听任那秀才足声渐隐于雨声，大珠小珠淅淅沥沥滴里嗒拉的声响，就走了一夜。

醒来，天是空旷清凉了，而残雨还在檐前、瓦上、阶畔发出一些闲响，格外有乐感。人武部的院子，门面不大，像一个旧时商贾的小私宅。内庭却深长。晨起立于楼上阳台，四顾皆山，山色青苍仿佛离得很近。正面那座山昨夜横卧雨中的沉沉黑影，现在露出真相，一条大鱼脊背似的横拱在那里，晴空之下，正有一大群含着阴影的大朵白云贴着山脊结伴飞渡。这就是巫山的云，难怪名闻天下了。它有一种超然世外而又贴近生活的气度，有一种笼盖着你而又关切着你的意味，还有一种主人翁的劲头儿和是风景又不像风景的自然态度。

而巫山县城的早晨，充满了此起彼伏的鸡鸣犬吠之声，不知那些鸡犬躲在哪里，却听得那鸡鸣之嘹亮、犬吠之慷慨就近在咫尺。山城小小，本来就生得如蜀人之紧凑，加上四面环抱着山，回声就格外大，和声的效果就特别好。这些朴素且充溢生命活力的喊声，有一种气息和魅力，能唤醒隐藏在人体深处的精力和生活欲望。它一点儿也不噪人，相反却能造成寂静和空旷的气氛，比大都市里高音喇叭播放的那些破烂迪斯科优美多了，对人身心的健康也有益得多。就这个意义上说，一切自然的声音均不能随意被人造的声音所替代。

这一天的计划原是游小三峡，因暴雨而山洪猛涨，船不能行，故放弃。巫山县的同志们便安排我们去看进小三峡的峡口，叫龙门口，离城不远。

绝没有想到这峡口竟是如此气势夺人。

两岸峭壁之下紧紧夹着一条暴怒了的江，凌空一桥极高迈，衔通两峰。

先上桥，凌空俯瞰桥下，略目眩。江水从狭壁中挤出来，有夺路而去的勇猛、劈山救母的气概。两岸危崖隔江怒视，像两个守关的大将在互相埋怨对方放走了江流，却谁也不肯靠前一步。

桥高十余丈，如一扁担搭在两山肩上。峡口风动，似乎一颤一颤的。桥栏及人腰腹，扶之下望，犹觉胆寒，若坠下去，无一可生还。有鹰盘旋在桥下，顺逆于动风，遨游于峡壁间巡视江面，似无所事事。峡壁高而苍鹰小，江水怒而苍鹰满不在乎，令人神往。

然后下桥，立于江岸边，桥已高不可及，江却骤然眼前了。三两只游船，用铁链系于码头，随波涛颠荡起伏，如树不胜风力，顷刻即拔之而去。江中怒浪奔腾，目不可追，时有浪峰轰然立起，若江中有一怪物拱出，凸起如一屋。然后坍塌深陷，又耸起。真奇景，大家无不喝彩！

立江边，水因暴涨而溢于脚下，随浪涛涌动而伸缩。时有不及防者被水捉湿脚面，于是年轻些的女子便与此巨兽做儿童嬉，逗着逗着就被迅速移动的漫水捉住脚，一声尖叫。那江水也不笑，退回去，唰，就被一往直前的主流拽回去，一眨眼不见踪影。水和水面目难分，谁知此水非彼水耶？

大家情绪甚高，或拍摄，或投掷石子，或静观怒浪一泻千里。有人望见隔岸累石间有一小狗初试犬威，赶得几只老山羊四下逃窜，跳跃于乱石间，那小狗凯旋而归得意洋洋，有如占了便宜的一年级小学生。

那人就独自莫名其妙地笑起来。

人问："你笑什么？"

他无法说明，因为那一幕好笑的情景已经过去了，诚如此浪一去不复返，谁也没法让它再退回去从眼前重流一次。

第二天，乘船离开巫山，沿长江而去。

1988 年 6 月 23 日

吉木萨尔纪事

自我跨过了四十岁这个人生刻度以后,外貌上的变化非但没能使我悲哀,反而常使我暗自庆幸。我从小眉发混沌不清,绝非智者之相,这不免使我沮丧;不料,中年秃顶竟使我额角初开天庭饱满起来,每每镜中端详自我,总觉那片茅草初开的旷地如白岩石一般醒目,反射出银子似的太阳的光芒……故而有时被女诗人赞为“智慧的白岩石”时,自觉也比从前聪明了好几倍。

但是,外貌的现代化并没有能够遏制住内心退往洪荒世界的步伐。我在精神上是衰老了,我不得不承认且哀叹的是,在岁月无始无终的攻击侵掠之下,我精神的柱子倍遭侵蚀。或许是这样:在时间面前人人平等,女人丧失的仅仅是容貌,而男人,衰老的则是内心。最近我忽然发觉,青年时期经常占据我内心的诸如梦想、憧憬等诱惑我朝前走的那些念头,全不见了。我还记得那些念头,花儿一样明媚、鲜亮,盛开在路的前头,看它们一眼就有浑身的劲头。那全是些有毒的罂粟花,火红灿烂,像血光一片。

现在我只有一种蓝色的花,在内心里平静。这种花的名字就叫,回忆。我已经没有什么梦想和憧憬了,这很可悲,然而并不可耻。因为假如这个世界在你四十岁的时候就已经对你失去了魅力,那这绝不是你的过错。我的朋友杨牧已经先我去做,他可能是比我衰老得还要快。他已经写了一本回忆录了。我读着这本长满了蓝花的棘草丛生的东西,就感到一股人生的荒凉。无论是对苦难的回忆还是对苦难的达观,苦难都是苦的。它那根本的苦味儿并没有改变。但是在回忆过去最不顺心的日子时,我想也并不是没有生趣和可爱的东西。

我讨厌那些白白胖胖却成天把痛苦挂在嘴边的家伙,好像连感觉不到痛苦也是让他们吃了多大的亏似的。他们永远不会吃亏了,他们不仅在现实中占有了幸福,也在精神上占有了痛苦,双料的占有使他们永远立于不败之地!

为此,我决计在写这篇散文时避开一切可能让读者感到晦气和压抑的东西,剥掉笼罩在那段回忆之上的政治气候的乌云,去还原生活本身蕴存着的情致、生机。

请读者相信我曾经有过的乐观天性!

黄土大道

那天,有一个人从长途班车上下来,穿过肮脏丑陋的吉木萨尔县城。他东张张,西望望,垂头丧气,两眼怅惘。然后,他走向一个陌生人,问了问路,就照直朝着那条通往乡村的黄土大道走去。

那个人就是十六年前的我。现在我还记得当时问路的两句对话。我说,“请问到国庆公社的路怎么走?”那位陌生的吉木萨尔人瞄了我一眼,伸手指着黄土大道说,“一个牛吃水端直子你就往下下吧。”我道了谢,于是就像老牛饮水一样不抬头地照直往下走了。

在十六年后的我看来,十六年前的我出现在早春的黄土大道上蹒跚而行有一种意境,有一种辉煌。很像现在时兴的某种现代画所要极力表达的意味：一个孤独的旅人带着自己被歪曲的灵魂，在空旷无垠的荒野上低头而行。黄土的道路蜿蜒曲折，迷蒙的太阳温暖淡黄……这可以是一幅黑白木刻，因而太阳就是一个黑洞，一只神秘的独眼。荒野以原始的线条粗犷地展开，那个孤独的人正置身洪荒，手足无措。

但是十六年前的我却并没有感觉到这样一幅画面。他只看到，道上留着各式各样的深浅不一的辙迹、脚印，被貌似温暖的太阳之下的寒气冻得硬邦邦的，就像一些车辙和鞋底的复印件。他一步一步地走过去，脚冻得有些痛，但并不感到孤独。田野被翻耕过，露着黑壤和积雪。天暖了，地还冷，周围还显得非常空寂。

那时我正好二十六岁，正好刚刚丢失了一个装满无价之宝的皮箱，我两手空空去探望已经分别两年的父母——他们已经被开除党籍下放在这儿当了两年农民。真不知道这两年他们是怎么过的。我满心疑虑地往前走，想念和悲凉把我的心情搞得沉甸甸的，怎么也快活不起来。

土路真长。在大地的这条裸露出黄色筋肉的弯曲伤口上，除了足迹的践踏，绝无植被和生物。这就是人类行为留下的走向——车辙印破坏和蹂躏的土路，它正冷冷清清地伸向远处的灰蒙蒙的树霭，根本没有尽头。

我又回到这黄土大道上来了，很好。

“很好。”十六年前的我像是和一个什么巨大的东西赌气似的，恶狠狠地冷笑着。心里反而产生了一股很充实、很坚硬的力量。他顺着黄土道路来寻找他陌生的家，这是人间留给他的最后枝丫，他对抗生活的最后堡垒。因此他就知道了，为什么只有在黄土大道上艰难行走着的人们才特别珍惜血亲关系和氏族力量。人间的空旷和艰难，唯有他们体验最深。他们没有社会。

他一个小时又一个小时地在这条路上走，一边走一边想着自己，想着母亲，想着这条极有人生象征意味的辉煌土路。土路的确辉煌，尤其是这吉木萨尔的土路，初春的土路。这么一条不起微尘的，纯铜一般坚硬细腻质地淳朴而且泛红的土路。积雪还在给它镶着边儿，衬出一点冷峻和凄凉；灰蒙蒙的太阳的光芒往上再一泼，那生硬的土路就仿佛要扭动起来……它诞生过你，它负载着你，在世间的一切道路都抛弃你的时候，它收留你。

他有一点感动，还有一点悲伤。他想，正是在这样一条土路上，自己曾经是一只满脸皱皱巴巴浑身红不拉叽只有八斤重的小老头；一只可怜的小落水狗；一个吃奶的怪物。后来他成了一个穿着红肚兜儿的光屁股的哪吒三太子，剑眉大眼貌似神童，莲身藕臂冰肌玉骨，似乎事事皆会于心却连一句囫囵个儿的话也说不清。再后来他成了万人嫌、惹事精，像个脱毛待换的半大公鸡，除了骨头没有二两肉，不知哪儿来的精神四下里乱窜。终于，他长成了一个人，身高七尺有余。天下英雄谁敌手？拔剑四顾心茫然；时不利兮骓不逝，以手抚膺坐长叹。他碰了壁，吃了苦，遭了冷眼，长了冻疮，世路千条我无路，华灯万盏我无家……他知道了这世界不是好惹的，不好惹就不好惹，它让你拔剑四顾心茫然，它让你四处感到压迫却找不到挺剑而刺的地方……他还得回到这条土路上来寻找自己的家。

土路非常亲切。因亲切而辉煌而富于历史感而唤起我心中潜藏着的原始的土地情结。由它引导着是令人再踏实不过了的，从它的泥土上走进一座自己的家门是再亲切不过了的。在土地上走，有一股醉人的懒洋洋的力量从地底下传递上来，通过脚掌，穿透鞋底和袜子传递上来，顺着血脉和小腿的筋络往上走，升腾如雾，弥漫如气。它使人获得一种舒坦、陶醉和放松，进而胸胆开张、魂魄飞扬，什么也不再惧怕……

薄暮时分，他已经走到了一个村口的大石碾子上。他浑身发热，坐下来,想吸一支烟。

就这样,十六年前的我并没有在这个世界上完全消失,他依然是我的一部分。他的一个念头、一个举动、一个微笑或一次梦想……并没有被时间的风彻底卷走,而是留下来,留在我的记忆里,刻在我的大脑沟回间。在记忆的那片伟大神秘的山谷里,他将永远存在,成为一个琴键,一轴画幅,一首诗的标题或一部专著里绝妙的警句,伴随我,直到我消失它们依然存在。无论现实的含义多么残忍,我绝不相信我会消失。

黄土啊你应该作证,我的终点不是坟墓。

父亲

父亲对每个人来说,都应该不是一个词汇,而是一团扑面而来的血统的气味,一座属于你的伟大的山峰,一个永远无法用理性去分辨是非的感性的百慕大三角, 一位上天委任给你的命定的神……你无法挑剔,也无法选择。你的魂魄在茫茫宇宙间微粒般飘荡遨游,无根无脉,浑然不知;但是你将因为他被显影,你将因为他被捕捉住,被固定下来,被囚禁在母亲幽暗温暖的子宫里,等待重见天日的时刻。

父亲,就是赋予你生命的人。

但是你却从来没有感谢过他。

你反过来占有了他的精力,剥夺了他的时间,消耗了他的生命,可以说,你毁了他的一切,而且,你还任意地埋怨他,利用他对你的爱泛滥自己的粗暴和任性。

难道,世界上还有比这更不合理的事吗?

只有父亲,可以这样。在他强大的时候,他庇护你、容忍你;在他衰老的时候,却耻于依靠你。而且,在人们不约而同地把一切美好的颂歌、养育的恩德奉献给母亲时,父亲微笑着,觉得理所当然。他丝毫不觉得自己也应该享受一点,常常是他倒觉得自己做错了什么。他完全不知道,在这一点上,他无意中又表现了真正男性的襟怀和品格。

我爱父亲。虽然我平常最恨他。

虽然每次和他在一起都免不了争吵、埋怨和发火;虽然他看不惯我尾大不掉、放任不羁的作风,我也看不惯他的主观、固执、农民式的自私和对权力的崇拜。

像许多人的父亲一样,我的父亲完全是现实人生舞台上的彻底失败者。但这并不妨碍我对他的爱,更不妨碍我对他无条件的承认,他是任何人也不能替代的。自从我成熟以后,我就从没有羡慕过那些有着显赫父亲的人。

父亲是一个失败者,虽然他从不认账。

在吉木萨尔的几年间,正是他失败人生的辉煌顶点。但是他并没有自杀。

我当然知道,他是为了我们。

……十六年前,当我坐在那个村口的大石碾子上吸烟的时候,有一个纯种的农民正远远地眯着眼朝我看。然后,朝我走过来,一直走到很近,站住了。

那农民穿一件黑布棉衣,戴了一顶破皮帽子,手里提着个筐子。

我看见了那个注意我的农民朝我走过来,但没在意。我在想,大概就是这个村子没错,还得打听打听,究竟住哪儿。

那个农民站在离我很近的地方,竟伸着脖子弯下腰凑到脸前来看我,而且,笑出声来!

咦,奇怪。我定睛细看面前的这个人。一张完全陌生的农民的脸孔在几秒钟之间骤然变幻,风霜雨雪,皱纹白发,劳累痛苦,希望孤独……几年分离后的风尘变化，在几秒钟内被揭开，剥去，还原，定格。

定格为那个原来熟悉的父亲。

“爸爸！”我一跃而起，高兴极了。

“信上说是这几天回来，我就每天到村口上打望。今天看见有人坐在石头上，可是不敢认。哈哈，果然是！太好了，太好了。”父亲说着，抄起筐子就领我回家。沿着满是残雪和牛粪的村子，一直走出去，离村不远处有一座孤零零的屋子，正冒出笔直的灰白炊烟。

朴素的柴门院落，孤独的土坯泥屋，在乍暖犹寒的天气里默默升空的烟缕，我的脚在雪地上咯吱咯吱地移动着，跟着父亲，像很久很久以前小时候的某一天一样，朝着那里不知不觉地走过去。

我对这座陌生的屋子充满了信赖。这就是这个寒冷的世间唯一可以让我得到温暖的地方。这没错儿，父亲不会错。这就是家，家就是父亲居住的地方。无论这地方被安置在哪儿，是石家庄还是北京，是乌鲁木齐还是吉木萨尔，我都将跟随它，寻找它。无论它是楼房地板还是土屋柴门，我都用不着敲门，用不着征求主人的意见，我有权不看任何人的眼色，睡觉、吃饭！

我父亲就这么一边拎着筐子朝前走，一边扭回头来和我说话，“村干部给调换了一家上山挖煤的人的空房，借给咱们暂住，条件好多啦！”我跟着他，看着他的背，觉得有一股说不出的纳闷、奇怪。人的这一辈子是怎么过都能过去的，什么样的命运都能接受，什么样的生活都能适应。但有个前提，就是不能有太多自己的思想，谁有独立的思想了，谁先绝望！就说父亲吧，这个一九三八年的决死队员，这个一九五〇年准备出国的外交官，打过别人的右派，反过自己的右倾，一辈子对党忠诚得没话说了，结果倒给开除了党籍，发到这地方安家落户来了……这可称是对忠诚的最好报应，当然也是对愚忠的应得惩罚。不过他不忠又怎么办呢？铁打的江山无缝可钻。

父亲是一个普通的人。所谓普通人就是那些没有力量支配现实社会的人，就是只能受现实社会的各种力量支配的人。这类人的一个最突出的共同特点就是，首先在思想上接受现实主导思想的指导和教化。相信报纸，相信宣传，坚信领导者的品格和诺言，笃信巨手所指的方向。而这，正是人生全部失败的根源。

多少年来，我总是力图以不含偏见的立场来认识父亲，解释他的行为，总结他的一生。结果我发现，根本不可能。我总是由于他在现实中的失败而低估他，而忽视了他作为一个人在本质上具有的优秀品质。我无法认清自己的父亲，谁叫我是他的儿子呢？

看着眼前的这个提筐子的人，我就想起少年时在机关院里与一群顽童舞枪弄棍鏖战正酣时，突然出现在楼前怒喝我为"疯狗"的人；想起星期天逼我帮他冲洗全家无穷无尽的衣物，水寒刺骨，手冻通红，而他不把最后一点肥皂沫冲净绝不善罢甘休；还想起那个原先穿军官制服尔后穿中山装干部服最后又穿上农民黑棉袄的人；而且想起曾经风度翩翩然后神态庄重终于苍老迷惘成现在这个样子的父亲……我看到，从说话的声音到走路的姿势，还有身材和五官，还有习性和灵魂，我都酷似他。我悲哀地发现，无论是成功或是失败，无论社会环境是有利还是不利，我都摆脱不了他给我的模式，摆脱不了他对我的一生所注入的遗传基因。

我将一天比一天地趋近他，越来越酷似他，直到有一天，彻底成为另一个他。

新陈代谢，世道循环，如此而已。

所有的新叶和新花，都不过是上一代的花叶在新的季节里的翻版罢了。觉得新鲜，那不过只是"觉得"。

…………

就这样，我已经远远望见柴门外站着一个又瘦又矮的女人。那就是父亲的妻子，我的母亲。母亲也望着，朝我们走过来，一边走，一边用她的手擦眼睛。待到走近，她只叫了一声我的名字就哭起来。

在早春无望的寒冷薄暮中，母亲的哭声使人心碎，并且使碎了的心渐渐凝固成一块水泥疙瘩那么硬。

漫长的冬天使母亲的头发变得灰白，炊烟般在冷风和哭声里飘散，在多皱的额顶纷披；而母亲又是那样瘦小，那样善良。

这不是逼着这位瘦小女人的儿子怀恨在心吗？我想，我们虽然四散他乡，无立锥之地，却在默默忍耐中滋长着仇恨；仇恨像卵石一样，暗藏在心里，总有一天伺机报复这冷酷的一切！不信，你等着。

我似乎很平静地笑着，却本能警觉地回过头来，环顾了一下周围：空无一人，只有野地里凄凉的枯树，向空中伸出无望的指爪。只需要一眼，我就把这景象记住了，再不会忘。

当我走进家门的一瞬间，我听到，黑暗像幕布一样，"刷——"在背后骤然降落。

村夜听风

你是跟着我跨进这个门槛的，磨得发白的木头门槛。这是几乎每一个女人一生中总要跨过的东西。这就是生活里的刻度，或是生命成熟的标志，界限和季节等等的含义都在这可怜的门槛上了。

你也许没想到，你竟是在这样一个门槛上开始了新的生活，告别了自己的家门，成为那里面的一个陌生的成员。

你挽起袖子在一个花花绿绿的脸盆里洗手，你听见我母亲用怜悯而略带评价一只羊腿的口吻说"看看这胳臂瘦的……"

你按照规矩和我母亲一起去拜访几家村邻，农村妇女的狡猾的奉承方式是极力装扮得更土更傻。你还没跨进门，她们就满脸堆笑故作惊讶地叫："哎呀呀，城里的鲜花来啦……"

你还看了我父母早已为你收拾好了的一间作为新房的屋子。里面摆着一张双人床，铺着干净的被褥和毛毯；然而墙壁上却结满了霜，水缸里的水结了浮冰……这是一种怎样的"寒冷的温暖"啊！

我也正看着这个被一盏煤油灯的光亮所照耀的家。两年来，我已经习惯了煤油灯，我已经忘记了电灯。

这是个一明两暗的农家屋。一进门就见屋里堆着柴草，安着灶火；灶火用来做饭，还烧左边房里的土炕。房顶上没有糊纸，露出一排被烟火熏黑的椽子；椽子上悬着几个用木杈做成的钩，用来吊装鸡蛋和咸猪肉的篮子。

我想，这就是我家。我一点儿也没觉得我家有什么变化，虽然在社会的现实面前，我的家庭已经彻底灭顶，一败涂地，毫无振兴的可能，但是我的家还在，我家的人都活着。他们的语调笑声，他们的习性气味，那种特殊的骨肉情感，生命活力和温馨生动的一团光热，活泼泼地在我身边洋溢着。它并不因为政治上的落难和困顿，收敛自身乐观的天性。这就是，我在人世间航行的船。只要我的帆还在，舵还灵，只要我的船还能够载着我漂浮，一切险恶的风浪都不是致命的。

我一点儿也没觉得我家有什么变化，而且，我一点儿也没觉得我这个吉木萨尔的家有什么让我难堪的。政治的史无前例的巨掌，一下把我们打进了另一种环境，不管它的用心有多么恶毒，我却有幸体验了更朴素的生活。一种环境和一种环境之间，有着无形的深刻的墙，虽然同在一个大地上，却有时终生难以逾越。这回，我可是没费劲就穿越过去了，我不知我该谢谢谁。

“爸爸,你猜我最担心你什么?”我一边问着,一边很快又接着回答,“我最怕你想不开,自杀!”

“哼,我怎么会。比这困难的时候我也经历过,我还会那样!”父亲说。

但是你以女人的细致,看见父亲眼神和嘴角上一闪即隐的凄楚和阴郁。你甚至觉得,这位老人肯定不止一次地想到过那样。在那时候,有一种十分美丽并谦虚的名称,叫“学习班”,然而那实质是奥斯威辛集中营的汉译。那是一座学习自杀、鼓励跳楼、劝人上吊的学校,那是一所慈祥的监狱。从那里出来的人,肚子里都像是被安装了窃听器,连心思都被控制在俘虏的轨道上了。

即便在偏僻的吉木萨尔乡村,想起这三个被赋予浓重血腥气味的美丽字眼儿,也让人不寒而栗,也让人充满被控制着的感觉。

岔开话题,父亲话还是很多。他说,“你弟弟回来时,呆头呆脑的,变木了。十四五岁就插队,回来都不敢认。结果在家住一个礼拜,又叫我给喂活了。看那脸,铜盆一样圆鼓鼓的,放光!”说罢,得意地大笑。

“你可不行,太瘦。”父亲指着我,“怎么解放军农场不给吃饱肚子啊?光让干活还行吗?这次回来,主要任务就是给我好好吃。”

他用右手一个一个地点弯左手伸开的指头,数点起来,“已经杀了一头猪,自家养的。肥肉炼了油,瘦肉腌在缸里,等你回来吃。她不吃猪肉?不怕,咱们还喂着羊嘛。还有鸡蛋,多少斤?对,满满三篮子,不够再从村里收购,很便宜的。你妈喂着一群鸡,鸡也下蛋。粮食尽够吃。菜,我就在队上管卖菜记账。咱们还养了猫儿,不养不行啊,有老鼠害人呀。”

数完了。“还有什么?”他问母亲。

母亲轻轻地笑着:“这就够我侍弄的了,还有给你做饭。”

土屋柴门,红泥火炉。父亲的口气还有那么一点领导干部似的,说起解放军农场,就像说起什么老部队或老朋友那么亲切、放心。他不知道,那时候的解放军已经变得和从前的解放军有点不一样了。何况我们这类不穿军装的学生……我暗想,现在是世道大变啦。

只有这温暖的土炕,没变。

一只脸上巧妙地勾着对称脸谱的黑白花猫,卧在母亲身边打呼噜,表现出一派两耳不闻窗外事,一心只读耗子经的样子。

窗户外边的小院落里,隐隐传来猪的哼哼唧唧声,间或夹杂着轻微短促的尖叫,就像小孩子撒娇时发出的一声"嗯——";还有鸡的喉管里滚动的叽叽咕咕的声响,翅膀扇动时的碰响。

无边的黑暗已经笼罩了整片大地,这时的寒风是冬天的尾巴,在空旷的深夜里不停地穷扫。扫呀扫,像个爱扫地的肮脏老婆子,嘴里发出呻吟一般的唠叨声。有时,它溜近人家的墙根下偷听一阵,听见没有它需要的内容,就用它的臭脏指头"嘭"地弹下窗户纸,溜走了。然后它用它的烂扫帚一撑,撑竿跳一样,飞上另一家的茅草房顶,在上面跺脚,打滚,学狼叫,装鬼哭,直到把那家的孩子吓醒,"哇"地一声哭起来,它才心满意足地飘然远去。

在无边的黑暗里,在人们被恐怖压抑着的想象中,它游刃有余,格外精神。它原本无形的力量只有在黑暗的协助下才能在人们的想象中变幻无穷,被赋予千奇百怪的形体。它喜欢这样,它需要这个。

整个村子都熄灭了。

每座房子都像一艘船,沉沦在黑夜的波涛里。它们全都麻木地、谦卑地陷落,渐渐被彻底埋葬——仿佛从来没有存在过。

这时,你像一只鸟那样钻在我的臂弯里睡意正浓,而我却在假寐,似睡非睡,听着窗外村野的风响。

肉体的风暴过去之后,身心变得大海那样平静。是一处海湾,沉静明澈的海水稳稳地在大陆架上晃动。偶尔在这平滑的筋肉下面,在血液深幽莫测的地方,闪过一丝痉挛。那痉挛从极其遥远、非常原始的角落发射出来,尖锐、敏感,像一根带电的游丝、一只快乐而又痛苦的精灵,一瞬间就击中遍布肉体的每一根经络,使之战栗。然后,也只一瞬间,它消失了,谁也别想再找见它。

哦,这才是肉体的上帝,永恒的主宰!

在黑暗中,我将笃信你,也只能笃信你。当一切都沉沦陷落之时,当你还不曾麻木、谦卑之时,记住:生命,我是你的崇拜者。

猫的本事

本来,猫可以统治人以外的整个世界——我这么想;只是可惜它被造小了——假如当初它的形体被造成牛那么大,那它就不会成为人类脚边的驯顺之物,而会成为消灭人类的大地主宰。

我这种想法, 是在我看到我家的这只勾着黑白脸谱的花猫时产生的。它正在土炕上打哈欠、伸懒腰。在这一刹那,它咧开猛兽特有的黑嘴,露出尖利的牙齿,展示出豹子一般柔韧有力的细长身躯……四个伸直的软蹄上图穷匕现,充满杀机。

谢天谢地!我想,亏是它造小了,不然,被追杀得四处乱钻的将不是老鼠而是我们人类了。我这不是偶然突发奇想,也不是没见过猫,而是因为回到吉木萨尔家里几天来, 我已经接连目睹了这只花猫惊人的能耐,它的确令人惊叹不已!

只有在农村, 猫的重大作用和高超本事才能如此一览无余地被发现、观赏,而且分别以正剧、喜剧和暴行三种形式演出。

第一次,我家的猫成功地扮演了正面英雄形象。那天黄昏,我们全家坐在土炕上闲聊,而猫,蜷卧在广阔土炕的一隅昏昏沉睡。

黄昏是农家美妙的时刻，尤其是闲坐在温暖的土炕上。夕阳在窗纸上涂染着最后一点淡黄，有一种明亮的安详对暗淡的转换所表现出来的礼让。时光在这个时候像一位谦谦君子，它似乎有一刻停留，有一种仪式，像在等候什么，并不匆忙撇下这一切就走。

然而在这种美妙的时刻却有一种不美妙的东西悄悄蠕动，不幸被居高临下的土炕上的我们同时发现了：一只老鼠，正顺着土墙根悄悄回洞。洞就在墙角，可以看得见，那鼠，已经离洞口不远了。

看见老鼠的我们不会抓，会抓老鼠的猫却正在睡觉。急得我们直喊"猫！老鼠——；老鼠——猫！"全忘了那猫听不懂人的语言，而老鼠听见喊声就会逃得更快。

不过，喊声还是惊醒了猫。它稀里糊涂东张西望，等它看见时，那只老鼠眼看着已经在进洞了。"嗨，来不及了！"父亲像看一场足球赛错过了绝好射门机会时的球迷那样，痛声惋惜。谁也没料到，猫就是猫，猫的本事竟如此大幅度地超越了人的想象。它从土炕的一隅到墙角的鼠洞，恰为这间房子的对角线，中间必须跨越横七竖八的我们杂乱的腿，必须在老鼠全身钻入洞口的一瞬扑出一丈开外。这太难了，但是它奇迹般实现了。它几乎是一个闪电，一个极快的念头，一个超现实的幻觉，用右前爪把完全入洞的老鼠给掏了出来！

看着这一幕场景，我目瞪口呆。说真的，在人类任何一种运动中，我从未看见过像猫这样矫捷不凡的身手。

有趣的是，没过两天，我又目睹一次这只猫逮老鼠时上演的滑稽戏，它像个小丑，简直可以说是笨透了。

那天是一只耗子在面柜附近折腾，弄出了声响。猫听见了，绕着面柜底下的缝又堵又掏，像和耗子捉迷藏。结果，那耗子爬上面柜，不小心，掉进面柜里，全身成了白的。花猫不知道，还在下面费精神。还是父亲着了急，把猫抱到面柜上，说："老鼠在里面！"

花猫很固执，坚信耗子还在柜底，又跳下去寻。

父亲又把猫抱上去，就差把耗子抓住送给它了，它还想往下跳。如此三番五次，终于，面柜里的耗子白乎乎地一动，它看见了，扑下去咬住，弄得满身面粉，像掉进了石灰里……惹得我们大笑。

猫是挺有趣的。这个小开本的猛兽好像是专门为耗子而制作的，捕食的才能出神入化。然而在沾满面粉的化了妆的白耗子面前，它失去判断，固执犯傻，进化了几十万年的才能碰上了难题。细细想想，会觉得上帝心真好，他把老虎的祖师爷造小，让它依恋人，卧进人的掌心，成为"咪咪"叫着的可爱小动物，丝毫用不着害怕。这是上帝的恩赐，把最凶猛的变成最可爱的，袖珍老虎，它的厉害只是指向老鼠。这使我们在逗猫玩时，享受到了类似逗老虎玩的乐趣。

我家的房檐上有一个野鸽子搭的窝，这当然很吉利，是鸟类对善良人家的信任。窝不算很高，因为房檐就不很高。可以看得见，一对恩爱的灰鸽子很忙，窝里常传出小鸽子的叫声。

花猫常在屋檐下仰看，然而它这个特警队员对付不了空军基地，无奈，渐渐习以为常。一天中午，由于我的百无聊赖和恶作剧心理，一场在灿烂阳光下人猫合作的暴行，终于发生了。

当时我只是想逗逗那猫，馋馋它，并不想满足它嗜血的本性。我把一根粗木柱斜架在墙上，故意离那鸽巢很远，大约有一米多，我估计花猫够不着。

它像是打招呼征求我的意见那样，仰起脸朝我可怜地叫了两声，见我鼓励它，就立即行动起来，爬上木柱。木柱有点转动，它谨慎地维持平衡，杂技演员一样，上了顶端。它在上面观察一下，就扭回头来，看着我叫起来，叫得既委屈又让人怜悯。那意思很明白，是说，"这么远谁能够着呀？这不是太过分了吗？”

我把那木柱朝上靠了靠，最多靠了几寸，我依然认为它够不着。

它从柱顶上立起来，前爪扶着土墙，这样，它离那窝的距离就又缩短了将近半米。“不行！”我看出了危险性，喊它。已经无法挽回了，喊声未落，它像美国职业男篮队员双手扣篮那样，一纵而起，两只前爪抓住鸽巢，凌空悬在下面，摇摇欲坠！它两目间已经完全没有一丝温驯和可怜，闪耀出一派果决、勇猛、精神抖擞的杀气和置一切危险于度外的野蛮！它用一只前爪抓紧鸽巢吊住悬空的身体，腾出另一只前爪来，伸进窝里，一掏，掏出一只羽毛渐丰的小鸽子。然后放进嘴里，咬住；翻身跃向柱顶，连滚带爬地下了地面，呜呜地叫着，在墙角吃起来。

我后悔莫及，暴行已经成了恶果。我辜负了灰鸽夫妇的信任，致使花猫咬死了它们的独生子女。在完全慌乱、失控的情绪下，我顺手捡起一块石子，从十几米外一扬手，准准地击在花猫的嘴上！这一下是太准太狠了，打得花猫一蹦蹿起老高，扔下鸽子落荒而逃，怪叫着有好几天没回家。

但是小鸽子还是死了。

罪责在我，我用了很多话向父母检讨，求得原谅。然而，我怎么能得到那对灰鸽子的原谅呢？它们咕咕咕咕的叫声，使我黯然低头，产生出一个良知未泯的战争贩子应有的悔恨。

结论：不能小看猫。猫虽然是人温顺的、可爱的奴仆，可它却是老鼠的克星，鸽子和平生活的破坏者。它的兽性一旦发挥出来，本事惊人。

那么，由这样的结论，我们进而还可以生出发一些什么样的联想呢？当然是关于人。在人的社会里，有时那些重要的人物产生了一个念头，就会把木柱架过去，诱发一部分人的兽性；当暴行发生了，他又会顺手捡起一块石头，扔过去，打击这部分人……和我对花猫做的一样。

麦子

我想说，亲爱的麦子。

我想，对这种优良的植物应该这么称呼，这并不显得过分，也不显得轻浮。

我而且还想，对它，对这种呈颗粒状的，宛如掉在土壤里并沾满了土末的汗珠般的东西，人类平时的态度是不是有些过于轻视和随便了呢？

它很美。尤其是它的颗粒，有一种土壤般朴素柔和不事喧哗的质地和本色。它从土壤里生长出来，依旧保持了土壤的颜色，不刺目，不耀眼，却改变了土壤的味道。这就使它带有了土地的精华的含义。特别是它还保持着耕种者的汗珠的形状，这就像是大自然给予我们的某种提醒、某种警喻，仿佛它不是自己种子的果实，而是汗珠滴入土壤后的成熟。

这一切使它更美。麦子，它是如此的平凡，然而却是由天、地、人三者合作创造的精品。它使我们想到天空的阳光和雨水，想到土地默默的积蓄和消耗，想到人的挥动着的肢体……所以有的民族在饭桌上面对面包时，会产生感恩的心情，感激这种赐予。所以还有的民族把麦穗作为了族徽，以表示某种崇信和图腾。麦子，它还可以使我们毫不费力地想到镰刀、饥馑、战争、死亡……之类最关乎人类生存的问题，但是面粉不容易使人想到这些。这就是麦子掩藏在朴素后面的那种深刻的美。

我是一个热爱粮食的人。因此，我非常乐意在春天的吉木萨尔翻弄麦子。我们住的地方没有面粉厂，也没有粮店，庄户人只能分到麦子，到一个河上的磨坊去磨成面粉。

连续几天，我和父亲把一麻袋麦子倒进院里架起的一个木槽里，然后倒水冲洗。我们选的是阳光非常明媚的日子，也没有风。晶亮晶亮的水珠儿闪着光芒,渗进麦粒中间,慢慢升起一股淡薄的尘雾;有一点呛人,仿佛使人闻见去年的土地散发出的温热。然后再倒水,搅拌,冲洗,直到一颗颗麦粒被洗出它本来的那种浅褐色的质朴,透出一股琥珀色的圆满的忧伤。然后晾晒几天,再装入麻袋。

我看得出来,麦子的色泽里含有一种忧伤的意味,一种成熟的物质所带有的哲学式的忧伤。这种忧伤和它的圆满形态、浅褐色泽浑然和谐。与生俱来而又无从表述,毫不自知而又一目了然。正是这,使它优美。

于是有一天,我们起得绝早。我们向邻居借来了一头驴和一辆架子车——这像是农户人家的一个重大行动似的,很早,我们就把装麦子的麻袋搬上驴车,朝磨房去了。

我和父亲坐在车上。我驾驭驴车的才能无师自通。我很想驱使那匹毛驴奔驰一番,以驱散田野小路上的那种寒冷的寂静;然而父亲不允许,他害怕"把人家的驴累坏了"。磨房相当远,农村的早晨也相当漫长,我们的驴车仿佛慢吞吞地走进了一个久远的童话故事。驴将突然开口说话,告诉我们它原来是一个公主(大队书记的女儿),被磨房的巫婆变成了驴,只有从遥远的城市来的勇士才能破那妖术,它就会还原成人。于是沿着这思路幻想下去,满满两麻袋麦子会在公主手的点化下成为金子,一切都很圆满和快乐……在农村天色微明的田野上,一切景致和氛围都酷似原始的童话或民间故事。只是驴低垂着头,丝毫不准备回过头来对我们说话。

当时,我突然觉得我和父亲像是两只松鼠,或是连松鼠也不如的什么鼠类,正运载着辛苦了一年收集来的谷物,准备过冬。我们所如此重视的两麻袋麦子,其实正相当于老鼠收集在洞里的谷物。我感到了滑稽,有点哭笑不得,人一旦还原到这种状态时,生存的形象就分外像各种动物了。

这就是我们的麦子,一粒一粒的,从田亩中收集回来的养命之物。颗粒很小,每一粒都不够塞牙缝儿的;但是我们就是靠着这样一些小颗粒,维持生命,支撑地球上庞大众多的人群发明、创造、争斗、屠杀、繁衍、爱憎……不管人类已经进化到了何种程度,它还在吃麦子——这就够了,这就足以说明人类依然没有摆脱上帝的制约,依然是生存在地球上的无数种类生物中的一种,而不是神。

被小小的麦粒制约着的伟大物种啊!

假如有一天,大地突然不再生长出麦子,那该怎么办?这虽然是杞人忧天,却并非毫不可能,因为我这种年龄的人经历过一次大饥馑。我因此而懂得,源源不断的粮店会突然没有面粉,母亲会对没有吃饱的儿子说"少吃一点",乞吃者会骤然间遍布城市的各个角落,人们会为了一个大饼而去抢劫……这就是麦子的威力和制约,在这个意义上,麦子就代表了上帝。

磨房终于到了。

磨房里没有巫婆,有一个老头儿。磨房是那种最古老的中世纪式的,靠河水带动,在轰隆轰隆的沉重响声中摇摇晃晃,像一排老人的牙齿,已很松动。这是一座架在河上的木头磨房,里边大概除了碾子,好像其余的全是用木头制成的。木杆、木柄、木轮,因年久而被磨得光滑油亮,渗着乌黑的手渍,和看着它的这位老头酷似,它俩都一样是年久失修的、松动勤勉的、喉咙里呼噜呼噜带响的。

我们的麦子就倒进这令人可疑的陈旧作坊里,缓慢迟重地在这生活的水磨上被磨损,被咀嚼,被粉化。我想着那一颗颗麦粒被压扁、挤裂、磨碎时的样子,想着它们渐渐麻木、任其蹂躏的状态,有一丝呻吟和不堪其痛的磨难从胸膛里升起,传染给我的四肢,我真真实实地感到了我和它们一样……和这些麦子一样,我正在一座类似的生活的水磨上,被一点一点地慢吞吞地，磨损着。

然而水磨却在唱着一支轰隆轰隆的雄壮的歌，用它松动的牙齿、哮喘的喉咙，唱着一支含混不清、年代久远的所谓进行曲……这就是我们每一粒麦子的命运。

我就是麦子。

我正面临着古老民间故事一般的现实。

我芬芳的、新鲜的肉体正挤在历史和现实两块又圆又平的大石盘间，在它们沉重浑浊的歌声中，被粉化。

我欲哭无泪，欲喊无声。

因为我就是泪水和汗珠平凡的凝聚物——麦子。我将一代代地生长，被割掉；成熟，被粉化；被制成各种精美的食品，被吃掉；然后再生长。

这一切都是因为我没有感觉，没有思想。我是圆的，颗粒状的，人们把我叫做“麦子”。只有一个诗人这样称呼我，他说：

“亲爱的麦子。”

一匹难忘的猪

我起了床，在院里刷牙。天气十分晴好，阳光刺目而又温热。屋外裸露着泥土的墙根，已经蒸腾起“日照香炉生紫烟”般的热气。是啊，我想，是春天啦！春天的农家小院里，充满了生气。

我家的院墙是用各种荆柴和树枝围起来的。猪圈和鸡窝并排垒在右墙下，左边是菜畦。猪圈里只有一头猪，是半大的小猪；鸡窝里有十几只鸡，母鸡居多。靠窗的房檐上有参差不齐的木椽子伸出，其中有一根较长的木椽子上用粗绳悬吊着一只篮子，不知是干什么用的。

刚刷完牙，就见到一只母鸡咯咯地叫起来，急着要下蛋。那褐黄母鸡东张西望，似乎有些犹疑；偏起脑壳想了想，终于下了决心。一跳，先上了鸡窝顶；然后鼓足勇气扑啦啦扇着翅膀飞起来，一下竟飞了十几米，奇迹般准确地落进了粗绳悬吊的篮子里！篮子在房檐下晃来晃去，那只鸡，却安详地卧下去，悠然自得地下起蛋来，像个吊床上的产妇。

这不是把鸡养成篮球了么？我想，而且还投得挺准，每次总能留下一个鸡蛋。我母亲不是一个幽默的人，而且没有这种创造性，她老人家怎么想出了这么奇妙的养鸡绝招呢？我一问，母亲也笑了，说，“咱家的鸡呀，就是怪。放着鸡窝不下，偏要飞起来高空作业。那个篮子就成了专门给它们下蛋的啦，还引得别人家的鸡也飞进来下。”

“村里人也都说周大老家是怪，”母亲又说，“养啥活啥。夏天闹鸡瘟，家家死鸡，就是周大老家的鸡非但不死，还飞进篮子里下蛋。掘上个猪娃子吧，也精神得不行，长得还比别家的猪漂亮。别人的猪都卧在地上哼哼呢，周大老家的猪娃子一向就在门口上坐着，和狗一样！”看得出，母亲为此显得非常幸运和自豪。当然，一般说来，猪没什么了不起的——我也这么认为。蠢猪、脏猪、猪猡！猪很难让艺术家产生爱而把它塑成青铜雕像矗立在中心广场，它只能作为猪排以佳肴的诱人形象被端上盛宴，让人们用舌尖品味，牙齿咀嚼，肠胃欣赏。猪是哺乳幼崽最多的也是最常见的动物，但人们从不用它作为母爱精神的象征。人们吃它，但是瞧不起它。这真是个倒霉的东西，在人眼里，它只是一堆能活动的、会哼哼唧唧的肉！

比如我吧，吃了它们几十年了，要是算一笔账，恐怕至少吃掉了几百头猪是有的了。但是吃得有滋有味，吃完了照样蔑视它，从来不屑于区分它们之中的任何一个和别的有什么不同，更不会记住被我吃掉的是哪一头猪。猪还有个性吗？猪就是猪！就像白菜就是白菜花生就是花生一样。

但是这家伙——在我刷完牙回屋拿起一本书时——发现随在母亲

身后堂皇跨门而入的竟是一头猪！我觉得这简直是乱了朝纲，起而轰之，那小黑猪撅嘴瞪眼，坚持不走。小眼睛一直以轻蔑的神情注视我，不时发出哼哼声，好像不服气，在哼哼着说：你算老几？你有什么权力撵我？

母亲说："让它待着吧，已经惯出来了。"

惯？我们从小就是母亲惯的，怎么它也叫"惯"？这一个字，突然使我意识到了这头小黑猪在这个家里的重要地位。两位老人被发落到这里，平时儿子四散，孤独凄凉，膝下养了这么个大活物，也是一份生趣。难怪惯养得和猫狗一般呢。

拿这眼光一看，果然这猪是不一般了。它浑身黑亮，皮毛干净，身躯滚圆娇憨可爱。和周围的猪一比，简直超群脱俗，称得起有几分俊秀了。我几乎怀疑它是猪八戒家族的嫡传子孙了，很快就喜欢它，叫它"黑猪"。父亲也很喜欢它，只要端出盆来给它拌食，它就兴高采烈拿头拱人的腿，像狗一样摇尾巴，活蹦乱跳地围着人转，就差不会喊口号了！何况它还小，小东西即使是猪也一样天真烂漫。

闲居无事，便和弟弟到村外一条小溪沟里捞鱼玩。溪不宽，一步可以跨过；也不深，手臂可以触底。可喜的是水极清冽，人在溪边走动，可以看见惊起的泥鳅在水草里四窜。于是我们制成捕蜻蜓用的三角网，提一个桶，在溪边消磨一上午时间，便能捞半桶泥鳅。可是这指头粗细的小鱼没经济效益，提回家里，养之无益，倒之可惜。一打眼瞅见小黑猪百无聊赖地瞎转悠，突然来了主意。

拿出一条泥鳅，扔过去，在它嘴前蹦跳。它嗅嗅，抬起小眼睛望望我，满心疑虑，不吃，再扔一条，还是不敢吃。看来猪不杀生，那好，把它的食盆拿来，倒点汤食，然后抓一把泥鳅放进去。泥鳅游窜在汤食里，小黑猪吃起来，吃着吃着，它突然一愣，边嚼边抬起嘴来，看那盆，隐隐有波动者，便扎进嘴去追。咬住一条，就摇头晃脑，有时不小心泥鳅又钻回水里，就喷着气再捉。它尝着了味道,吃得汤水四溅,呱呱作响,嘴巴伸在水汤里不时地猛抖。逗得全家人哈哈大笑,好像在欣赏表演。不一会儿,一桶泥鳅告罄。

捞鱼这件事,一下就因为小黑猪而从无意义的闲玩变成了有意义的劳动。我们便每天去溪边捞泥鳅,把喂猪当成一天中最精彩的观赏节目,弄得周围的农民感到不解,他们议论说,“周大老家用活狗鱼子喂猪!”

后来母亲说喂鱼喂出毛病来了,小黑猪不管吃什么,都要翻江倒海瞎折腾,以为有鱼,结果弄得撒食。

有一天,父亲被分配去队里看场,远远望见一群猪成进攻队形缓缓移来,渐近,父亲猛地一声吆喝。见有埋伏,猪群纷纷向后逃窜,独有一猪,不但不逃,反而泰然行至队前带头,边走边回头哼哼,猪群马上重整队形跟随而来。父亲细看,原来是我家那头小黑猪,它不慌不忙,胸有成竹,不断回头用猪语鼓励同伙,自己却故意表现出一种随便而大方的样子,像人在请客做东时的样子差不多,它表现了一种猪的潇洒和庄重。好像它认定,它的主人看场就等于今天它请客。这显然会使它在猪群的地位迅速得到承认。不料,父亲虽被开除了党籍,却仍然满脑子大公无私,在小黑猪即将被确认领袖的关键时刻,一点面子也不讲,坚决地用木棍把它们轰走了。

这使小黑猪很委屈,用一天半的时间对父亲表示疏远和装不认识,大概它想不通这件事为什么那么不通猪情。

父亲把这件事告诉了我们,大家都很奇怪,说猪蠢是没道理的,猪连后门都会走,这几乎已经达到了人的相当智力水平了。

可惜的是,我在吉木萨尔只住了十几天,没有能更深入地了解这个油黑发亮的偶蹄动物丰富的内心世界。临行那天,它竟像一只狗那样尾随着我走了好久好远,小眼睛里充盈着对泥鳅贪婪真挚的怀恋。

之后若干年里，我们家的人还谈起它，这是唯一的一头我们自己喂养大的猪，提起它，我对猪所怀有的厌恶心理就不知不觉地消失了。虽然它早已被吃掉十几年了，我却仍然觉得它还活着(精神不死?)，活在吉木萨尔农村我家住过的离马厩不远的低矮农舍院门口。

其实猪是挺有意思的，假如你了解它。

难怪哈里·杜鲁门曾宣称："不该允许不了解猪的人当总统!"为了在这篇纪念猪的文章里显得庄重些，我特意对它用了"一匹"。

印象

后来，一座谦卑的村庄终于在我的视野里消失了，消失成一个残碎的梦，一个不可靠的传闻，一团渐渐远去了的声响……仿佛，只是一扭头的工夫，它就不见了，好像从来就没有存在过似的，从我们全家人的生活里消失了。

我不知道您是否也有过这种类似的体验，对于一座您曾经生活过的村庄，那种难以磨灭的淡忘?那些荒凉的、贫穷的，那些丰富的、色彩烂漫的，小小村落和孤独家门像黄昏和暮霭那样，被你淡忘却融入你的心境，离你远去却泊在你的灵魂。是的，从那之后你也许再没去过一趟，再没去看过它；也许也很少对别人谈起它——它没什么可炫耀的，何况你总在怀疑它是否真的存在过，或是随着你的离去它也就消失了?说到底，你恐怕还是不敢去看它，你害怕珍藏在记忆里的这个艺术品被另一种现实击碎。

我也始终在怀疑，怀疑我的记忆是不是对它进行了艺术提炼和加工?它是不是为了欺骗我或安慰我，把那个村庄给美化了?那些焦灼的痛苦的日子，那些挣扎的无望的岁月，为什么没有留下痕迹?那些喧闹一时的貌似强大的政治力量，为什么变得无影无踪，而一座可怜谦卑的村落却扎了根似的抹不去、拔不掉？

谁更强大？

"谁更强大、有力而永恒？"我不得不这样问自己。

说老实话，无论是导师、哲人，还是算卦者、预言家，谁也看不见明天。说看见了的，不过是猜测和吹牛。谁都只能感受着现实，而现实带着天然的无法改变的痛苦；谁都只能怀念过去，过去是一坛逐年发酵的酒。我不相信世间有神奇的超人，我只相信神奇的命运和生活以它的流向所做的安排。

吉木萨尔是一个渺小的地方，关于它，最近有一个流传的笑话。

说两个吉木萨尔人到了广州，昂然欲进某豪华饭店，被拦住，问："你们是哪儿的人？"答曰："吉木萨尔。"问者不知，以为是哪个非洲国家，便问另一个："你呢？"另一个回答说："一搭里的(意为一块儿的)。"问者听为"意大利的"。"原来是外宾，请进。"

我们的荒唐的吉木萨尔人被编派的这个故事，显然是不真实的。但是把这样的揶揄指向吉木萨尔人，却应该承认是真实的。吉木萨尔是那样荒寒，这个当年成吉思汗威震中亚的军事重镇，历史上闻名的北庭都护府，早已度过了它豪华的岁月。它威风凛凛的青春一去不返，现在像一个可怜虫，躲在当年的遗址旁边浑浑噩噩，种地、挖煤，偶尔也有淘金的欲望和梦想。它的县城和那时的很多县城一样，肮脏、凌乱、愚蠢、呆板。这就是二十世纪七十年代初叶的中国政治、经济、文化所造就的县城，一个十字路口，一座语录牌楼，一尊领袖塑像，一个只有带着老茧一样厚皮的又冷又硬馒头的破食堂……任何一个外人到了这里，尤其是冬天，都会觉得到了地狱的门口。我相信，即便是汉唐时期的县城，也绝对比它美好得多。面对这样冷漠无情、愚昧傲慢的县城文化，你不能不从心里发出由衷的哀叹、彻骨的怜悯:人们啊,你们这究竟是怎么生活的呀?为什么,你们活得如此卑贱无知、肮脏麻木,难道你们天生就是这样缺乏生气的一群?

我不想诅咒你们,相反,我深切地同情和理解你们。那时,你们不是自己,你们不是你们,你们貌似行动着的活人,实质只是口号的盲从者,一群夜游症患者。你们像木偶一样被牵动着,却完全不自知。嘴巴徒劳地张开又合上,发出震耳欲聋的无意义的轰响,手臂和双腿、大脑和精力都消耗在木偶的活动和斗争中了。

可悲,我也是木偶。那时我没见到不是木偶的人。活着而没有生气,活着而没有自由,那是一个多么荒唐的木偶年代啊!

谁告诉过我们?谁提醒过我们?

历史学家呢?哲学家和诗人呢?法律和人类几千年积累起来的文明呢?他们都干什么去了?

有多少借口和理由,也不能洗净蒙在上层建筑领域上的耻辱。这耻辱是这样的深重和深刻,它将穿透时间,引起今后一代又一代后人的惊讶、提问和愤怒。

只有这个谦卑的村落对历史不负任何责任,谁也怪不着它。它坐落在这偏远的地方,它的默默无闻和任何时代的错误无关;而且在任何时候,它都以土地、道路、日出、鸡鸣、五谷杂粮、野草芦苇……拥抱人们,温暖人们,让人们生存。它半是自然,半是社会,一切时代的热潮和影响也会涌涨到这盲肠似的角落,使之发生变化。因而我没有说这里的村民都是超然世外的君子隐士。

他们在我的印象里已经十分模糊了,我记不起他们的脸孔,只记得一些被太阳和土地混合的力量所染出的肤色,记得被一种村野生涯塑造出的气质——蒙昧未开的混沌样子。他们的眼睛里没有光芒,射不出智慧所造成的眸子清澈分明的光亮。他们的眼睑总是低垂着，遮掩着什么卑微的东西。

他们非常习惯于向别人借东西，要东西，尤其是向他们认为富有的人。他们对痛苦比较麻木，对羞耻感觉迟钝。一般说来，他们的嘴唇厚重地向前突出，鼻梁塌陷，颧骨有一种无法掩盖的暴露感，前额杂乱。

然而他们却是非常精明的、现实的、会盘算的。谦卑和精明构成了这种弱者的双层防御体系。谦卑使人可怜他、同情他，进而愿意帮助他并对他失去警惕性；精明却使他一步步地接近目标，绝不放过可能得到的好处。在他们衰老的时候，他们是彻底谦卑的，他们会让人感到土地一般谦虚厚实的质朴和仁慈。但是你注意他们的儿子，那些年轻的从农村生活中走出来的人，他们带着自己的文化和方式，带着这些特征，在社会生活中演变、改进、修饰，偶尔露出马脚，然后继续谦卑，直到——随着一个又一个现实的目的被达到之后，死掉。就是这种精神，这种伪装的韧性功利主义精神，从散布在中国的无数村落里走出来，走向一切领域，占领一切舞台，弥漫着整个中国。

它将无往而不胜——这种精神，谁也别想战胜它，因为它本身就是一种腐蚀剂。虚假、衰弱和无耻，将一路腐蚀、吞噬过去，无法抵挡。

这就是我们终于在全世界造成了真正弱者形象的根本原因。弱者的彻底胜利必将完成彻底的弱者形象，这恐怕不是一代人所能改变的。呜呼，并不是对世界上所有的问题，都能够找出解决的办法来的，比如，积弱。

我这么写，也并不是在责怪吉木萨尔。它没有什么好责怪的，对这一切深刻的后果，它毫不自知也毫不理解。它是那样偏远、孤立，那样茫然自在。

直到最后我离开的那天，我也没能对它留下一个全景式的印象，它仅仅是一个村落，和北方的所有农村大同小异的村落。它拥有土地然而它简朴，它拥有四季然而它泥泞，它就是那样，你一扭头，就会感到它消失。

谁也别想在地图上找见它——那个村落，就像谁也别想在地图上找见自己的家。

1988年11月9日写于新疆乌鲁木齐

看那个马车夫犯错误

我当时第一眼看过去就觉得那个人可能要犯一个可怕的错误。那个维吾尔马车夫，他戴了一顶羔皮直筒帽，唇上留了一些短髭。他像个性直、性急的人，但实际上应该属于那种做任何事都十分投入、丝毫也不肯马虎将就的人。

我看见他在倒车。

他的马车上装满了从街巷里拉出来的雪，正在一个干涸的大涝坝沿上，他打算让马车倒得更完美一点，这样他就可以直接把积雪卸入大涝坝里，坑边上不留一点残迹。看得出，他是那种认真的人，喜欢把活干得比别人漂亮。

那一年下了一场罕见的大雪，积雪从乌斯唐布依纵横交错如蛛网的土耳其式小巷庭院中被清除到小街上时，已经几乎堆至电线杆顶端了。那一场大雪使温暖干燥的南疆古城颇感振奋，当然也隐隐有一些惊恐不适。而那个大涝坝，则是过去喀什城里最为闻名的涝坝，供应着半城人家的饮水用水。这个涝坝大约有大半个足球场那么大，深亦有二十米不止，据说抽干水时，整个涝坝里一共只有四条鱼，每条都有一个成人那么大，小鱼一条也没有。这个涝坝有一种古怪的、神秘的意味儿，就像这座中亚著名的古城一样，有一种四处弥漫但谁也说不清是什么的神秘感。

现在这个马车夫就在这个久已干涸的大涝坝的边缘上倒他的马车。他驾驭的是一架四套马的大车,一匹辕马,三匹稍马。马匹个个精壮,辕马看起来比马车夫还要聪明。车倒到离坑边不到一米时,辕马就坚持不退了。但是马车夫是一个固执己见的人,我刚才说了,他喜欢完美,他不停地吆喝那几匹马,并且扯着辕马的辔头,坚持让车倒得离涝坝沿更近一些。他倒来倒去,不肯将就。

我预感到将会有不同寻常的后果发生。我停在几米之外,我等着看那后果。当时我甚至有些希望他倒不好把马车掉下去,那将是一般平凡生活中难得遇到的刺激场面。我本来仅仅是路过这里,但我被这个马车夫行为中所含的悬念吸引住了,我立在那儿,非常专注。

唉,这个马车夫,戴直筒帽的马车夫哟,这个固执的完美主义者哟,终于在很短的时间里把事情弄得不可收拾了,他没让我久等。

正如人们可以想见的那样,他的意志和马的领会间发生了关键处的一点误差。马车后倒得过了头,车轮移动到边沿,马车夫想改使马儿向前,结果马儿们却猛地一倒,车倾斜了。四匹马的力量想再把这辆悬空的重车拉上来已不可能。

我眼看着那辆载满雪的重车拉着四匹马坠落下去,四匹马的姿势令人哀怜,它们朝天仰面,伸直脖颈,像一些不会飞的大鸟,任凭自己向深渊栽翻下去。

马车夫张大惊恐的眼睛,他使尽全力,发出惊叫,也无法扭转这一瞬间的颠覆。他,犯下了终生难忘的错误。

马车和马在两秒间通过自由落体运动直达坝底,马车撞碎但马车不知疼痛,四匹马却像柔弱无助的、覆巢之下的小雏鸟那样,挣扎、抽搐、等待死亡。这时,马车夫用双手抱住脑袋,蹲在涝坝沿上,他方寸已乱,感到大祸临头。

事情果然如我所料,但我在感觉到的时候凭什么理由去制止呢?事后许多年,我想起这件事,都想不出事先制止的可能性。

1999年7月14日

天山的额顶与皱褶

这道通向克什米尔的山脉，
同时也是一条明确的人种学分界限。
——《沙埋和阗废墟记》

有一年，我这个山西人回老家去登五台山。我欣赏五台山的那种佛教文化的氛围，但缺乏认同的心理。我看到山上的那些碗口粗细的小松树，心里就不以为然，心想，这算什么松树。如果与天山的松柏相比起来，五台山的松树只能算小孩子。在那一次山顶环顾之间，我忽然领悟到，山也是有种族之分的。山的风范容貌，往往与临山而居的那些人的文化形态相和谐，甚至与他们的文字、面型、体格相融。这就弄不清究竟是山川河流影响了人呢，还是人工斧凿改造了山？或者是两种因素都有，千年万年，互相影响。人有气，山有灵，渐通渐融。所以辛弃疾才会有这样的妙句："看爽气朝来三数峰。似谢家子弟，衣冠磊落；相如庭户，车骑雍容。我觉其间，雄深雅健，如对文章太史公。"

真是天下读山第一人。

若是读汉家山脉，可以说"登泰山而小天下"，也可以说"五岳归来不看山"，这不为妄言狂语。但是，中国大地上还有各个民族的山呢，该怎么说？

所以我想说一说另一种系的山，全长一千八百公里的天山山脉由东向西逶迤磅礴，贯穿新疆浩瀚的大地。这是一座有着突厥人面型，生就蒙古人、匈奴人、斯基泰人骨骼和血脉的伟大山脉。与之毗邻的山系个个不同凡响，个个独具风采，阿尔泰山、昆仑山、喀喇昆仑山，哪一座都不是矮子，而且哪一座都不是丑八怪，个个自成体系。

然而天山却是我们最容易亲近的山，它是西部山脉的众神之中比较亲近人间的一位。说它容易亲近，也无非是天清气朗的时候，登高临窗可以遥遥望见博格达峰的影子，云丝雪线，半空处横亘着一脉凝重而有质感的蓝色烟雾。海拔五千多米的博格达峰是众神中的小弟弟，也是天山之父派遣来观察守望乌城的少年王子，它蓝袍镶金，白帽抹红，英俊伟岸，不可一世。

若是你登天池，便可一睹其浓眉秀目。美少年，眼神一晃，摄人魂魄。若是乘飞机飞临乌城呢？千万记得坐在左舷窗边，降落前一刻钟，可以真真切切的窥天颜。的确是天颜啊，那是神的面容神的脸。永不融化的、干爽洁净的冰雪从它的头顶上倾泻纷披而下，如银的冠冕或头盔，也如白发三千丈直落胸腰之下。从冰雪之间透出峻峭的山体，岩石的蓝，仿佛钢的烤蓝，我谓之“钢蓝”。

你可以看到，它的鼻梁果然是高峻的，眼窝果然是深陷的，而嘴，总是紧闭着掩藏在浓须之下，一言不发。最伟大者，乃是它的额头，晶莹闪亮的白岩石一片高处的坦阔，是智慧的额，是勇士的顶。那是智者之相与王者之相的完美结合，是一颗雄性的头颅，冷峻威严但并不凶恶，就像泰戈尔的头，托尔斯泰的头，有一种艺术之王的风范。一个人平生只要有一次得窥天颜的机会，他就会终身铭记住这种伟大容貌，再也不会被人间的俗脸所征服。而且，他一定会在潜意识里要求自己长得接近那样，因为他见过了美。

然后就是皱褶了。天山的每一道沟就是它身上的一道皱褶，谁能数得清它有多少条皱褶呢？天山山脉分为北天山、中天山、南天山三部分，北天山 1300 公里，中天山 800 公里，南天山自汗腾格里峰向东，沿塔里木盆地北缘延伸。如此庞然大物的天山山系，光它的宽度就达 400 公里，那它的一道皱褶也足够我们流连叹赏了。

距离乌城仅几十公里处，就是一道接一道的沟，这些著名的天然避暑风景区，就全是天山的身上的皱褶。白杨沟、庙儿沟、菊花台，还有许多幽深未名的美沟壑，全是风韵天成。这些地方现今称为风景区了，过去却只是游牧者的营地和牧场。在天山的皱褶里，只有这些光荣的牧人之子能够体贴它的冷暖，听清它的脉跳，嗅到它的体香。因为仅只是一道小小的皱褶，对我们来说也是太深太远太大了，步行者是难以深入和穷尽它的。

唯有骑于马背者与之和谐。

温暖的毡房与之和谐。

放牧羊群者与之和谐。

用粗糙的手在晨光中挤牛乳之老妇人与之和谐。

经典云："他在大地上安置许多山岳，以免大地动荡，而你们不得安居。他开辟许多河流和道路，以便你们遵循正路。"

如此才体现了人对自然的初心正觉，才显示了人对自然的尊重。最初的游牧人之所以尊重自然，大约源于敬畏和崇拜。但我相信后来是出于了解和理解，越来越多地熟悉了山川草原，意识到自己的生存方式和生产方式依赖于自然。

所以他们不伐木，不垦殖，烧牛粪和枯枝，而绝不砍伐健康的松树、杉树（虽然他们在战争中砍伐人）。

美丽的天山草场就这样保留下来,还有阴坡上成阵的黑松林,还有遍地的野菊花、芬芳的蒲草……因为放牧,牛羊马驼吃草遗粪,使草场的土质肥厚油黑,加以草根的交织巩固,走在上面颤悠悠的,仿佛走在大地肥壮的肌肤上面。任何人夏日来到这里都会变得活泼开朗起来,像是童年的灵性重新回归了躯体。

1999 年 5 月 28 日

童心丰子恺

丰子恺先生是画家、书法家,也是很优秀的散文家和翻译家。这位弘一法师的弟子出版过《护生画集》、《儿童漫画》、《人间相》等几十部画集,广受欢迎。

吾观之,丰子恺之所以画好、文章好,关键在有童心童趣。葆有健康完整的自然情态,才能养就大师眼光。你看丰子恺吧,字拙。扭扭拐拐,不像书法,只像写字;不似人家那些书法家有讲究,这体那家,飞龙走凤。但是你学一下丰先生的字,硬是学不来,拙后面藏着境界呢。再看丰先生的画吧,画简。简单极了,一棵树,一条船,一个人,黑白无彩,寥寥数笔。和人家那些正经画家比起来,简约至于寒碜,和儿童画差不多。可是那画却是人家丰先生独有的,风格鲜明,幅幅都是自己生出来的。这么一来,又不好比了。至于他的散文,拿到今天看,也没几个人能比。丰先生浙江桐乡人也,他的故居我也去了。有一幅照片极能传其性情,他正在案头冬日写作,他家的小猫爬上他的肩背,他仍旧写他的东西,任猫卧背。这就是丰子恺,首先是个活菩萨,然后才是书画家。

我喜欢这幅照片,就试着画,一画,还挺像。大喜过望,画画之乐趣亦在于此矣。可以寄情趣,可以养性情;聚精会神,提气定睛;移万物于纸上,赋幻觉以成形;当其提笔,忧思皆忘,及至画出,海阔天空。一不求当画家,二不求售万金,何愧之有?关门独家乐,万事不求人。

我醉欲眠君且去

丰子恺的画里有这么两幅，一幅就是这个场景，山林对酌，一人欲醉，挥臂呼喝，情态可掬。另一幅画一人沿石阶上山，山间无人，独有一亭，题曰“幸有我来山未孤”。

丰子恺这类的画，既有古意，又有新景。山水古已有之，人物恰合当时。笔墨简洁，情景传神。既有中国文化的诗意风韵，又有当时当地人物的生活情趣，真让人观之与画面无隔。

吾六十学画，闲来常摹丰先生，以为乐事。摹画以原作为本，随心作小处添改，加三几棵树，添一处芭蕉，均无不可。这次在一幅扇面上画了山中对饮，觉得这两句诗真是好，“我醉欲眠君且去”，“幸有我来山未孤”，下面的两句就冒出来了，“我若不来山也在，却少人间沽酒徒”。不意凑成一绝，前两句是丰子恺先生化用古人的，后两句是我的，倒是珠联璧合，像是浑然天成。

就这么简单的四句，前两句和后两句中间相隔了也有七八十年。丰先生上世纪二三十年代以两句各题一画，我八十年后不意间接上了半璧，全诗完成，题于扇面，岂非一快事乎？

诗文书画是中国传统文化之重要成分，笔墨纸砚是中国人传达心曲的独特工具，如果废除了这些代之以电脑，新则新矣，但是几代人下来便会永远丢失中国人原有的那份“雅”,那份丰神秀骨,那份气韵情态。当然,也会丢了旧体词章中的那份灵逸智慧。

妙的是,新诗百年兴衰之后,旧体诗渐有星火燎原之势,这一现象,足以证明传统文化的巨大生命力。难道不值得我们深思吗?

悲鸿之马

悲鸿先生,历久弥新。

他有长久的说头,有复杂的性格和人生,他的婚姻和爱情更是酸甜苦辣齐备,当然,前提是他是中国现代美术的先驱者,当之无愧的大师。

最近读了蒋碧微的回忆录《我与悲鸿》,益发触到徐悲鸿先生的真实血肉。过去只见他画得好,现在方知他活得苦。徐蒋之间一见钟情、私奔法国、瓜葛纠缠、最终破裂,真是活生生地证明了爱情的不可靠,情爱的浮云不可操纵。人生的命运就是一匹马,孤立荒原,仰天嘶唤,不知何处是归途。

这就是被世人津津乐道的悲鸿之马,人道是"抗战之马","中华民族一往无前的精神之马",兴许徐悲鸿作画时亦寄此意,试图以此振奋精神,激扬士气。但是,画出的奔马固然扬蹄奋鬃、意气风发,骨子里掩不住的还是透出了自己的那份孤独、悲怆、无奈,这大概是徐先生自己也没有想到的。

只有最真实的生活,才是艺术家的底色。那是掩饰不住的,也是最深刻的。悲鸿之马所以葆有永久的魅力,傲骨立秋风,一洗凡马空,离离原上草,一岁一枯荣,原因大约也在于此。他的马的确与众不同,后人难以超越。

其实，何止于画马，徐悲鸿画人物更是功力过人，他画的泰戈尔、甘地、齐白石，全是绝妙之笔。这样的大画家，也只能是百年一出。他的座右铭更是出语惊人，既不是什么“吃亏是福”，也不是什么“外圆内方”，而是：一意孤行。

那份决绝，惊世骇俗。

诗人闻一多先生

回想起来,我年轻的时候也是追过星的。只不过我们那一代人追星不如现在这么近距离,这么无遮拦。我们只是暗自仰慕,以为楷模,摘抄章句,为座右铭。真人是根本不敢奢望见面的,书中人物,天上神仙。

闻一多先生就是我当年追慕的明星之一,区别于今日追星族的是,几十年过去之后,我仍追慕。生而未能成为先生门下弟子,此一憾事也。他的《死水》和《红烛》,他的"戴着脚镣跳舞"的主张,今日再看,愈发见出高处。新诗的确是应该逐步建设出自己的格律的,不然,在绝对的自由之下就会丧失自己存在的形式。

上世纪七十年代,在边远的英吉沙县,竟与闻先生公子韦英相遇。交谈之间,韦英惊讶我对闻先生著作之熟悉。后来我曾从他家借出全套珍藏家传的《闻一多全集》,也算略有弟子缘;再后来韦英托我买一顶英吉沙白色羊羔毛的高皮帽子,那帽子绝对超现实,又奇特又浪漫,我照办了,而且看到了一丝诗人血脉的闪现。

现在,大半个世纪过去了,今人固不知诗为何物,诗人也不知诗人为何物。大概以为顾城杀妻、海子卧轨,便是诗人,诗人便是颓废与疯狂。其实不然,同是生命面对死亡,闻先生有大勇,衣冠风度不乱,冷笑依然,从容登台,慷慨讲演。舍小我而取民族大义,倒在国民党特务的乱枪之下。

先生才是真诗人,有勇气,有胆识,有气节!闻一多先生完成了自己最后的诗,也完成了对诗人的最佳注释。

如果死是诗人最后的诗,那么可以说,这首诗才是最见其品格和性情的,这个掺不得半点假。所谓盖棺论定,就是要等最后的答案。

托翁

托尔斯泰的伟大是用不着再来论述了，全世界都公认的。只需要读一遍《安娜·卡列尼娜》，就不能不为其巨大、敏锐的洞察力和表现力折服，在这样的智慧面前，难免会产生崇拜感。

文化界的人亲切地把他称为“托翁”，无非是表达一种敬爱和亲近。其实谁也没办法见到他了，他早已去世。但他的作品活着，作品中的人物还将一直活下去，影响人们的心灵。从这个意义上讲，托尔斯泰也是上帝，他创造了不死的人。

看看托翁晚年的这幅肖像吧，难道不是上帝的肖像吗？那样雄伟，那样朴素，那样冷峻与悲悯。只有彻底的洞察和博大的宽容，才会有那样的眼神；还有那件朴素的衬衣，还有那部天神般的胡子，完全像古希腊传说中的众神。的确，托翁是完美的，直到晚年，他的容貌仍然令人倾倒。真正超越时代的伟人应该是这样的，灵魂与外貌合一，功业与山河同在，因为他体现了人类追求至高、至善、至美的梦想。

我有幸在九十年代后期访问了俄罗斯，寻访了托翁在彼得堡的旧居。在他居处通往二楼的楼梯拐弯处，有一只托着木盘的小熊标本，原来是供客人留下名片的盘子。我当时就惊喜于托翁的情趣和幽默感，亏他能想出这点子！之后进了一个房间，里面摆着一些靴子和制鞋工具，原来托尔斯泰这个大伯爵喜欢亲手制作皮靴，乐此不疲，手艺精良，经常把成品赠送友人。我看了看那些靴子，可以肯定，托尔斯泰是个超级大鞋匠！

是什么使他活得如此朴素、本真呢？这个生前拥有盛名身后注定不朽的文学巨匠，这个拥有庄园和别墅的贵族，他不但没有被这些东西压倒变得庸俗丑陋，反而在这些身外之物的陪衬下愈发显示了伟大人性的光辉！

他八旬以后离家出走，死在一个车站，留给后世无尽的迷惑、思索与凄凉。我们不禁想知道：他那颗巨人的头颅，究竟伸入了多高的海拔高度？

无端也说萧伯纳

对萧伯纳的一点知识，还是来自鲁迅。一九三三年初，这位爱尔兰的瘦高如竿的世界文化名人登陆上海，颇为热闹了一番，照鲁迅的话就是"热闹得比泰戈尔还厉害"。

为此，鲁迅至少写了两篇文章，一篇特约稿《看萧和"看萧的人们"记》，一篇《〈萧伯纳在上海〉序》。一记一序，今日再看，还是高明得无人可以匹敌。现在的人假如写一篇记名人的稿，肯定先要把那个人弄到云端，再不济也要搞到六楼阳台上，然后他在下面摇头摆尾，赞叹歌颂一番，举几个莫须有的事例以证其实，总之是不让你看见真面目。

鲁迅写萧伯纳，头一句便是"我是喜欢萧的"。为什么喜欢？"是因为中国也常有模仿西洋绅士人物的，而他们却大抵不喜欢萧。被我自己所讨厌的人们所讨厌的人，我有时会觉得他就是好人物。"这就是喜欢的理由，喜欢，但也不热吹，"听说是世界的名人的，所以便电光一般觉得是文豪，而其实是什么标记也没有。"

记了些什么呢？记了萧吃饭，在孙夫人家。"到中途，他用起筷子来，很不顺手，总也夹不住。然而令人佩服的是他竟逐渐巧妙，终于紧紧的夹住一块什么东西，于是得意地遍看大家的脸，可是谁也没有看见这成功。"

连吃饭都记了这么细，可是到了“也还有一点梅兰芳博士和别的名人的问答，但在这里，略之”。这可是让今天的人值得大书特书的地方。

对于萧伯纳的到中国，鲁迅看得透彻，“于是各人的希望就不同起来了。蹩脚愿意他主张拿拐杖，癞子希望他赞成戴帽子，涂了脂粉的想他讽刺黄脸婆，民族主义的文学者要靠他来压服了日本的军队。”各种愿望要求，萧是满足不了的，结果是“称赞的也有，嘲骂的也有。说明萧是一面平面的镜子，而一向在凹凸镜里见得平正的脸相的人物，这回却露出了他们的歪脸来”。

这一段时隔七十年的上海滩轶事，经了鲁迅手眼记录，今天读来饶有兴味，仿佛比昨天发生的事还清楚，还让人有教益。

怀斯曼是谁？

画了这杂七杂八的画，拍了照片，有时候来了朋友，便喜欢拿出来给人家看。看到这幅，有人吃惊道："啊呀，这幅好，画得太像了。"过一会儿又问："怀斯曼是谁？"

不知道怀斯曼怎么知道"太像了"？

人曰："我说的像是像外国人。"

我说，没关系，不知道怀斯曼不是什么大不了的事，不算孤陋寡闻，因为——我也不知道。众人皆笑，说"不知道还给人家画了像，岂非怪事"？

其实这个怀斯曼，我还真弄不清是何方神圣。干什么的、哪里人氏，一概不知。那为什么画人家的像呢？说来有趣，那天想画画了，瞥眼望见《南方周末》上有张照片，形象不错，就拿人家练上画了。画完，把他的名字往上一题，就此了事。照片下登的内容压根没看。

现在这么一来，勾起我对怀斯曼了解的欲望，便去查报纸。不想还查到了，那张照片还在原处。弗雷德克·怀斯曼，配有纪录片制作人周浩写的一篇专访，题为"我努力使我的电影看起来很美"。这才知道怀斯曼是位获得芝加哥纪录片节终身成就奖的纪录片导演。文中有一段对话颇有意思——

周浩：但实际上，你的影响遍及全世界，你不会不知道吧？

怀斯曼：我听别人这样说过，事实上，我也不知道自己的影响有多大。

怀斯曼的回答非常厚道，而且还显得有些幼稚，但正是这样的回答久不闻矣。再看看我们那些本事不大、名头不小、略有动静就轰动世界所谓的"名人"吧，两相比较，差得远了。影响有大有小，有好有坏，有长有短，有真有假，看你属于哪一种了。

这时还真有必要问一声了：知不知道怀斯曼是谁？

说“崇拜”

歌坛巨星帕瓦罗蒂的去世，在彼国我不知道，在欧洲的反应也未见详细介绍，在我国，也算有不大不小的动静。崇拜帕瓦罗蒂的人肯定是不少的，但是我怀疑里面真正能听懂他的又有几个。首先能听懂他歌词的人就不多，然后对西洋歌剧能有修养的又没有几个，怎么就那么爱不释手、割舍不开，不可一日无此君了呢？

我怀疑这里面不乏“附庸豪唱”的，附庸风雅古已有之，附庸些别的什么显然也就顺理成章。社会发展到今天，人对人的崇拜非但没有减少，反而有愈演愈烈之趋势。过去大搞“三忠于、四无限”，全民高唱语录歌、大跳忠字舞，已经恶心透顶了，但毕竟还是有好些人是出于无奈、随波逐流。现在，什么“粉丝”啦，“追星族”啦，全是自觉自愿、五体投地、不辞辛苦、热衷迷狂，那种崇拜之心可以使铁石心肠的人为之感动。

更何况，人家没有什么功利目的，人家无所求；而且崇拜谁并没有强行指定，全凭自家的喜好；这样的崇拜算得上纯洁，是纯粹的崇拜，百分之百的崇拜。花自己的钱，动用自己的体力、精力和热情，我愿意，你管得着吗？

所以，不用大惊小怪，崇拜之心是人类的天性，源远流长，绵延不绝，估计原始人就开始崇拜了。崇拜力，崇拜火，崇拜水，崇拜山，然后崇拜鬼神，一切神秘不解的事物，都可成为偶像。可以说崇拜源于无知。

崇拜是自我意识的一个对立面，它抑制自我扩张、自我膨胀，让人顺从，卑微，进而认命，放弃抗争。对任何事物的崇拜都在扼杀人的生命力和创造力，崇拜是一种对人类社会进步有害的天性。

这世上有什么事物是可值得崇拜的呢？只有值得尊敬的，没有值得崇拜的。所谓大规模的崇拜行为，看来是群众性的，实则背后必有操纵的手、利用的心。希特勒使最具冷静头脑的德意志民族陷入崇拜迷狂，是政治目的；今天让无数“粉丝”倾倒在明星台下的，是商业利益。

包装明星也是一种“造神”运动。

可怜，人终归是浅薄的、极具虚荣心的社会生物。

文运

现在的文化界以调侃古人为乐事，以追捧皇帝为热点。皇帝虽然也是古人，但不在调侃之列，因为皇帝有权，固然那权已经过期作废，余威犹慑奴性沿袭之群。所以调侃的对象只能是没权的，譬如李白。

什么“李白想当官没当上”啦，什么“李白厚着脸皮吹捧韩荆州”啦，糟蹋李白真是毫无顾忌，笔下轻佻，油腔滑调，好像他写了几篇破玩意儿，得了一点应时应景的破名声，真就可以对李白颐指气使了似的。

我倒是想提醒他们莫忘了那两句诗，“尔曹身与名俱灭，不废江河万古流”。远讥李白，近嘲鲁迅，说不客气的，你没那个资格，也没那个能耐，更没有那个五百年一出的圣人运气！

成不朽之名者，必有大文运。这就说到了“文运”。文运不是迷信，而是历史长河的大势，得大势者得大名，此固必然。至于唐，诗兴，上可以取高官，下可以应妇孺，李白应运而生，天才高迈，一声“黄河之水天上来”，足以绝千年之响。唐诗奠定格律诗高超的艺术性和广泛的群众性，众星捧月，李白遂成巅顶明月。

特定的人与特定的时代相遇，就是文运，缺一不可，相映生辉。李白不遇盛唐，小儿不会代代口诵“床前明月光”；鲁迅不遇新文化运动，或许只能以满腹奇才抄碑终老。文运者，大势也；大势者，时代之需要，历史之回应也。没有这些条件,累死写死也没用。有些想不明白的人委屈得很,说“鲁迅连一部长篇小说也没有,不过是有限的短篇小说和杂文,我光是长篇小说就十几部……”那没办法,你别委屈,鲁迅手写的请假条也比你那几千万字有价值。

天下熙熙,无非过客;岁月茫茫,疏而不漏。一世之雄,未必长久;一时之杰,难以永垂。所以有一点才的人更需要有一点自知之明,更需要知天命,识大运,可以保持一点谦虚敬畏之心,少放一些油滑调侃之辞,知己知彼,心胸开朗。

对那些已成为我们民族文化历史星座的人物,请放尊重些,请仰视。

巩乃斯的马

没话找话就招人讨厌，话说得没意思就让人觉得无聊，还不如听吵架提神。吵架骂仗是需要激情的。

我发现，写文章的时候就像一匹套在轭具和辕木中的马，想到那片水草茂盛的地方去，却不能摆脱道路，更摆脱不了车夫的驾驭，所以走来走去，永远在这条枯燥的路面上。

我向往草地，但每次走到的，却总是马厩。

我一直对不爱马的人怀有一点偏见，认为那是由于生气不足和对美的感觉迟钝所造成的，而且这种缺陷很难弥补。有时候读传记，看到有些了不起的人物以牛或骆驼自喻，就有点替他们惋惜，他们一定是没见过真正的马。

在我眼里，牛总是有点落后的象征的意思，一副安贫知命的样子，这大概是由于过分提倡“老黄牛”精神引起的生理反感。骆驼却是沙漠的怪胎，为了适应严酷的环境，把自己改造得那么丑陋畸形。至于毛驴，顶多是个黑色幽默派的小丑，难当大用。它们的特性和模样，都清清楚楚地写着人类对动物的征服，生命对强者的屈服，所以我不喜欢。它们不是作为人类朋友的形象出现的，而是俘虏，是仆役。有时候，看到小孩子鞭打牛，高大的骆驼在妇人面前下跪，发情的毛驴被缚在车套里龇牙大鸣，我心里便产生一种悲哀和怜悯。

那卧在盐车之下哀哀嘶鸣的骏马和诗人臧克家笔下的“老马”，不也是可悲的吗？但是不同。那可悲里含有一种不公，这一层含义在别的畜生中是没有的。在南方，我也见到过矮小的马，样子有些滑稽，但那不是它的过错。既然橘树有自己的土壤，马当然有它的故乡了。自古好马生塞北。在伊犁，在巩乃斯大草原，马作为茫茫天地之间的一种尤物，便呈现了它的全部魅力。

那是一九七〇年，我在一个农场接受“再教育”，第一次触摸到了冷酷、丑恶、冰凉的生活实体。不正常的政治气候像潮闷险恶的黑云一样压在头顶上，使人压抑到不能忍受的地步。强度的体力劳动并不能打击我对生活的热爱，精神上的压抑却有可能摧毁我的信念。

终于有一天夜晚，我和一个外号叫“蓝毛”的长着古希腊人脸型的上士一起爬起来，偷偷摸进马棚，解下两匹喉咙里滚动着咴咴低鸣的骏马，在冬夜旷野的雪地上奔驰开了。

天低云暗，雪地一片模糊，但是马不会跑进巩乃斯河里去。雪原右侧是巩乃斯河，形成了沿河的一道陡直的不规则的土壁。光背的马儿驮着我们在土壁顶上的雪原轻快地小跑，喷着鼻息，四蹄发出嚓嚓的有节奏的声音，最后大颠着狂奔起来。随着马的奔驰、起伏、跳跃和喘息，我们的心情变得开朗、舒展。压抑消失，豪兴顿起，在空旷的雪野上打着呼哨乱喊，在颠簸的马背上感受自由的亲切和驾驭自己命运的能力，是何等的痛快舒畅啊！我们高兴得大笑，笑得从马背上栽下来，躺在深雪里还是止不住地狂笑，直到笑得眼睛里流出了泪水……

那两匹可爱的光背马，这时已在近处缓缓停住，低垂着脖颈，一副歉疚的想说“对不起”的神态。它们温柔的眼睛里仿佛充满了怜悯和抱怨，还有一点诧异,弄不懂我们这两个人究竟是怎么了。我拍拍马的脖颈,抚摸一会儿它的鼻梁和嘴唇,它会意了,抖抖鬃毛像抖掉疑虑,跟着我们慢慢走回去。一路上,我们谈着马,闻着身后热烘烘的马汗味和四围里新鲜刺鼻的气息,觉得好像不是走在冬夜的雪原上。

马能给人以勇气,给人以幻想,这也不是笨拙的动物所能有的。在巩乃斯后来的那些日子里,观察马渐渐成了我的一种艺术享受。

我喜欢看一群马,那是一个马的家族在夏牧场上游移,散乱而有秩序,首领就是那里面一眼就望得出的种公马。它是马群的灵魂,作为这群马的首领当之无愧,因为它的确是无与伦比的强壮和美丽。匀称高大,毛色闪闪发光,最明显的特征是颈上披散着垂地的长鬃,有的浓黑,流泻着力与威严;有的金红,燃烧着火焰般的光彩。它管理着保护着这群牝马和顽皮的长腿短身子马驹儿,眼光里保持着父爱的尊严。

在马的这种社会结构中,首领的地位是由强者在竞争中确立的。任何一匹马都可以争夺,通过追逐、撕咬、拼斗,使最强的马成为公认的首领。为了保证这群马的品种不至于退化,就不能搞"指定",不能看谁和种公马的关系好,也不能凭血缘关系接班。

生存竞争的规律使一切生物把生存下去作为第一意识,而人却有时候会忘记,造成许多误会。

唉,天似穹庐,笼盖四野。在巩乃斯草原度过的那些日子里,我与世界隔绝,生活单调;人与人互相警惕,唯恐失一言而遭灭顶之祸,心灵寂寞。只有一个乐趣,看马。好在巩乃斯草原马多,不像书可以被焚,画可以被禁,知识可以被践踏,马总不至于被驱逐出境吧?这样,我就从马的世界里找到了奔驰的诗韵。油画般的辽阔草原、夕阳落照中兀立于荒原的群雕、大规模转场时铺散在山坡上的好文章、熊熊篝火边的通宵马经、毡房里悠长喑哑的长歌在烈马苍凉的嘶鸣中展开、醉酒的青年哈萨克在群犬的追逐中纵马狂奔,东倒西歪地俯身鞭打猛犬,这一切,使我蓦然感受到生活不朽的壮美和那时潜藏在我们心里的共同忧郁……

哦,巩乃斯的马,给了我一个多么完整的世界!凡是那时被取消的,你都重新又给予了我!弄得我直到今天听到马蹄踏过大地的有力声响时,还会在屋子里坐卧不宁,总想出去看看,是一匹什么样儿的马走过去了。而且我还听不得马嘶,一听到那铜号般高亢、鹰啼般苍凉的声音,我就热血陡涌、热泪盈眶,大有战士出征走上古战场,“风萧萧兮易水寒”的悲壮之慨。

有一次我碰上巩乃斯草原夏日迅疾猛烈的暴雨, 那雨来势之快,可以使悠然在晴空盘旋的孤鹰来不及躲避而被击落,雨脚之猛,竟能把牧草覆盖的原野一瞬间打得烟尘滚滚。就在那场暴雨的豪打下,我见到了最壮阔的马群奔跑的场面。仿佛分散在所有山谷里的马都被赶到这儿来了,好家伙,被暴雨的长鞭抽打着,被低沉的怒雷恐吓着,被刺进大地倏忽消逝的闪电激奋着。马,这不肯安分的牲灵从无数谷口、山坡涌出来,山洪奔泻似的在这原野上汇聚了,小群汇成大群,大群在运动中扩展,成为一片喧叫、纷乱、快速移动的集团冲锋!争先恐后,前呼后拥,披头散发,淋漓尽致!有的疯狂地向前奔驰,像一队尖兵,要去踏住那闪电;有的来回奔跑,俨然像临危不惧、收拾残局的大将;小马跟着母马认真而紧张地跑,不再顽皮、撒欢,一下子变得老练了许多;牧人在不可收拾的潮水中被携裹,大喊大叫,却毫无声响,喊声像一块小石片跌进奔腾喧嚣的大河。

雄浑的马蹄声在大地奏出鼓点,悲怆苍劲的嘶鸣、叫喊在拥挤的空间碰撞、飞溅,划出一条条不规则的曲线,扭住、缠住漫天雨网,和雷声雨声交织成惊心动魄的大舞台。而这一切,得在飞速移动中展现,几分钟后,马群消失,暴雨停歇,你再看不见了。

我久久地站在那里，发愣、发痴、发呆。我见到了，见过了，这世间罕见的奇景，这无可替代的伟大的马群，这古战场的再现，这交响乐伴奏下的复活的雕塑群和油画长卷！我把这几分钟间见到的记在脑子里，相信，它所给予我的将使我终身受用不尽……

马就是这样，它奔放有力却不让人畏惧，毫无凶暴之相；它优美柔顺却不任人随意欺凌，并不懦弱，我说它是进取精神的象征，是崇高感情的化身，是力与美的巧妙结合恐怕也并不过分。屠格涅夫有一次在他的庄园里说托尔斯泰"大概您在什么时候当过马"，因为托尔斯泰不仅爱马、写马，并且坚信"这匹马能思考并且是有感情的"。它们常和历史上的那些伟大的人物、民族的英雄一起被铸成铜像屹立在最醒目的地方。

过去我认为，只有《静静的顿河》才是马的史诗；离开巩乃斯之后，我不这么看了。巩乃斯的马，这些古人称之为骐骥、称之为汗血马的英气勃勃的后裔们，日出而撒欢，日入而哀鸣，它们好像永远是这样散漫而又有所期待，这样原始而又有感知，这样不假雕饰而又优美，这样我行我素而又不会被世界所淘汰。成吉思汗的铁骑作为一个兵种已经消失，六根棍马车作为一种代步工具已被淘汰，但是马却不会被什么新玩意儿取代，它有它的价值。

牛从輓车变为食用，仍然是实用物；毛驴和骆驼将会成为动物园里的展览品，因为它们只会越来越稀少；而马，当车辆只是在实用意义上取代了它，解放了它时，它从实用物进化为一种艺术品的时候恰恰开始了。

值得自豪的是我们中国有好马。从秦始皇的兵马俑、铜车马到唐太宗的六骏，从马踏飞燕的奇妙构想到大宛汗血马的美妙传说，从关云长的赤兔马到朱德总司令的长征坐骑……纵览马的历史，还会发现它和我们民族的历史紧密相连着。这也难怪，骏马与武士与英雄本有着难以割舍的亲缘关系呢，彼此作用的相互发挥、彼此气质的相互补益，曾创造出多少叱咤风云的壮美形象？纵使有一天马终于脱离了征战这一辉煌事业，人们也随时会从军人的身上发现马的神韵和遗风。我们有多少关于马的故事啊，我们是十分爱马的民族呢。至今，如同我们的一切美好传统都像黄河之水似的遗传下来那样，我们的历代名马的筋骨、血脉、气韵、精神也都遗传下来了。那种“龙马精神”，就在巩乃斯的马身上——

此马非凡马，
房星是本星；
向前敲瘦骨，
犹自带铜声。

我想，即便我一直固执地对不爱马的人怀一点偏见，恐怕也是可以得到谅解的吧。

1984年5月20日于乌鲁木齐

过河

这时我才发现,我骑了一匹极其愚蠢的马。一路走了二十多公里,它都极轻快而平稳,眼看着在河对岸的酒厂就要到了,它却在河边突然显示出劣根性:不敢过河。

它是那样怕水。尽管这河水并不深,顶多淹到它的腿根;在冬日的阳光下,河水清澈平缓地流着,波光柔和闪动,而宽度顶多不过十几米。但是它却怕得要死。这匹蠢马,这个貌似矫健的懦夫!它的眼睛惊恐地张大,前腿劈直胸颈往后仰,仿佛前面横陈的不是一条可爱的小河,而是一道死亡的界限或无底的深渊!

我怀疑这匹青灰色的马儿对水一定患有某种神经性恐惧症。也许在它来到世间的为期不算很长的岁月里,有过遭受洪水袭击的可怕记忆,因而这愚蠢的畜牲总结出了一条不成功的经验。像一个固执于己见的被捕的间谍似的,任凭你踢磕鞭打,它就是不使自己的供词跨过头脑中那个界限。

我想了很多办法——用皮帽子蒙住马的眼睛,先在草地上奔驰,然后暗转方向直奔河水,打算使其不备而奋然驰过。结果它却在河沿上猛地顿住,我反而险些从马头上翻下去。不远处恰有一座独木桥,我便把缰绳放长,自己先过对岸,用力从对岸那边拽,它依然劈腿扬颈,一用力,我又差点儿被它拽下水。

面对如此一匹怪马，我只好长叹：吾计穷矣！但今天又必须过河，我必须去酒厂；倘要绕道，大约需再走二十公里。无奈之下，只得朝离得最近的一座毡房走去，商量先把马留在这里，我步行去办完事再来取。

一掀开毡帐我就暗暗叫苦，里面只有一位哈萨克族老太太，卧在床上，似有重病。她抬起眼皮，目光像风沙天的昏黄落日，没有神采；而那身躯枯瘦衰老，连自己站起来也很困难似的。看样子，她至少有八十岁；垂暮之年，枯坐僵卧，谁知哪一刻便灵魂离开躯壳呢？可是既然进了门，总不好扭头便走，我只好打着手势告诉她我的困难和请求，虽然我自己也觉得等于白说。

她听懂了——其实是看懂了。摆摆手，让我把她从床上搀起来，又让我扶她到外边去，到了河边上，她又示意让我把她扶上马鞍。我以为老太太的神经是不是也不对劲儿了？她连路都走不稳，瘦弱得连躺着都叫人看着累，竟然“狂妄”得要替我骑马过河，这不是拿我开玩笑吗？我这样年轻力壮的汉子尚且费尽心机气喘吁吁而不能，她？能让这匹患有“神经性恐水症”的马跨进河水？我无论怎样钦佩哈萨克人的马上功夫，也不能相信她眼前这种可笑的打算。

可是当我刚把她扶上马背，我就全信了。她那瘦小的身躯刚刚落鞍，那马的脊背竟猛然往下一沉，仿佛骑上来一个百十公斤重的壮汉，原来的那种随随便便满不在乎的顽劣劲儿全不见了，它立得威武挺直，目光集中，它完全懂得骑在背上的是什么样的人，就如士兵遇上强有力的统帅那样。这马不愚蠢，倒是灵性大得过分了。它当然还是不想过河，使劲想扭回头，可是有一双强有力的手控住了它，它欲转不能。它小蹄朝后挪蹭的劲儿突然被火烧似的转化为前进的力，踏踏地跃进河中，水花劈开，在它胸前分别朝两边溅射。铁蹄踏过河底的卵石发出沉重有力的声响，它勇猛地一用力，最后一步竟跃上河岸，湿漉漉地站定。

我把老太太扶下马，又把她从独木桥上扶回对岸，然后在她的视线里牵马挥手告别(我不敢当她的面上马)。她很弱，在河对岸吃力地站着，久久目送我。

此事发生在一九七二年冬天的巩乃斯草原，而天山，正在老人的身后矗立，闪闪发着光。

谷仓顶上的羊

萨依巴格乡六月的阳光是白花花的银屑，洒满在空中和地上，亮得耀眼，逼得人透不过气来。外加上周遭到处都是干燥、倔闷的黄土，仿佛在和一切生命赌气，誓死不开尊口，非把你闷死了才乐意。偶尔有一些树，沙枣或馒头柳，杨树或槐树，也只是些灰淡的黯绿，丝毫打不起精神。

县委副书记余会全在一群乡、村干部陪同下走在土路上，脚下踏起的土末粘在裤腿上，像是刚刚不小心踢翻了石灰桶，有股狼狈相。余会全心绪茫然，好像午睡没醒透，他的心境也似这环境，非常糟糕。而且他意识到，这段路颇似他眼下的人生道路，了无生气，没有指望。他想着远在数千公里之外的妻儿，温馨不再，光阴两隔，一下子换了个世界，反差这么大。再想到他工作的那个局里的人人事事，每想到一个都觉得人家脸上挂着嘲讽。

晦暗的情绪令人沮丧啊！余会全差点儿把这句心里想着的话说出口来。这给了他一个警示，使他想起自己的身份，一个县委副书记随时随地在公众面前都必须像一个县委副书记，这不比一个演员扮演一个角色容易。

想到这儿，他努力振作起精神，步子忽然变快了点。

下午的安排是检查萨依巴格乡新建的一个粮仓。远远地已经可以看到了,那个粮仓挺高大,耸立在一片场院上,席棚尚未遮盖,木梁、木架像一个庞然大物的骨架标本,空空荡荡地兀自耸立在那儿,等待着长肉长皮。

余会全站在空仓下望过去,粮仓规模不小,木料也全是好木料,散发着干燥而又清新的香气。几个穿衬衣、头戴圆顶帽子的维吾尔族村民,正在木架上扭过脸来看着他。他觉出自己脸上微微有些笑意算是打招呼吧。

忽然,他的眼光被一个东西吸引住了,好像光天化日之下看到了什么奇怪的事物,有点不可思议——仓顶上游走着一只羊。那只羊仿佛不是在高大的粮仓顶上漫步,而是在高峻的绝壁断崖之上,它旁若无人,君临万物,大有占领一座古堡的帝王气概。此刻,它根本没有理会脚下出现的这几个人。

啧,这是怎么回事儿?这不是有些奇了?大白天的羊怎么跑到那么高的仓顶上去了?余会全半张着嘴,目瞪口呆。他盯着那只羊看,更看出那不像一般的羊,而是一只体格硕大、皮毛淡黄的羊。那羊看起来要比普通的羊起码大一倍,非常雄伟,眼神里也有一股毫不驯顺的桀骜之气。

"谁把那羊弄到上边去的,啊?"余会全仰着脸朝上面喊道。

乡党委书记刘军也跟着这样喊了一句。

仓顶上的村民说了些什么,声音不高,面部表情有些幽默,好像他们和那只羊是一伙的,是同谋。

副乡长乌买尔自觉充当了翻译,他照翻了村民的话:"谁也没有把那只羊弄上来,是它自己把自己弄上来的。"

"自己?"余会全上上下下打量了一番,摇摆着脑袋说:"那么高它怎么上?"

上面村民的话又翻译过来了,仍然很简单:它有办法。

“有办法？有什么办法？”余会全再次观察了粮仓周围，仓的一边和一座旧仓库的土墙紧挨着，但是那土墙，余会全看了看，也得有三米高，他想象不出那只羊是怎样跃上这么高的墙顶的。

此时，羊成了余会全最大的悬念，诱发了这位县委副书记的久违的童心。他好长时间没有过这么好奇了，对高处，对异样的羊，对那些处于非常态的事物，充满兴趣，蠢蠢欲动，像个傻孩子一样非要弄个水落石出。

“把它从上面先给我赶下来！”他命令道。

村民们照他的指示去做了，毫不费力，轻轻一轰，那羊就下来了。它从仓顶上轻盈一跃，就到了土墙；然后在墙头像散步似的踱至中端，墙下有一堆粪土，它头朝下顺势一跳，就这么下来了。它下来后，仿佛一个高层人物来到了人民群众中间，面容和蔼，态度矜持，频频点头示意。

余会全有一种被接见的感觉，但略有遗憾的是，那只羊对他表情淡漠，连看也没有仔细看他一眼，却对几个维吾尔族村民表示亲昵。尽管如此，余会全还是对这只羊产生了某种微妙的崇敬之情，因为它的确是显得太不同凡响了，其肥壮、硕大与高贵，均非凡羊可比。他起了疑惑，就问：“这羊怎么和一般的羊不一样？”

副乡长乌买尔询问了村民，然后转告他，说这只羊嘛，根本不是平常我们吃的羊嘛，它是铁提力克山上的野羊。村里的猎人，上山打猎嘛，打死了它的妈妈嘛；那个时候，它还太小得很嘛，小娃娃一样，可怜得很嘛。所以他们把它拿回来，养大了，成了现在这个样子。乌买尔说：“它的体重八十多公斤，喜欢上房，太厉害得很！”

余会全听了，心想，这就是这只家养的野羊的身世了，难怪如此行为怪异、气概不凡呢。这是一个无意间从野生世界闯进人间社会的大角盘羊，在适应了村民的同时还完好地保留了它的天然习性。他觉得这里面似乎有一种什么深远的意思一闪而过，像一条鱼在水面上闪动了一下，倏忽又不见了。这个意念他没有能捕捉住，但他能感觉到是来自血缘的底层，有一种原始的滋味令他触动。

他凝视那只羊，它皮毛灰黄，肌肉发达饱满，绷紧了全身的皮毛，显得油光发亮。再细看它的一双眼睛，褐黄色的一对，没有一丝哀告的神色，里面全是桀骜不驯的野性之光。它是骄傲的、高贵的，甚至对陌生人透出一种藐视。余会全想，这才是一个对自己充满了自信和自豪的生命哪。

他凑过去想摸摸它，可它跳开了。

看来，那只羊并不认为县委副书记值得亲近，它躲着他，不让他靠近。余会全试了几下都没有成功，只好放弃了这种打算，他看着那只羊，嘴里不停地说："它太大了，它怎么长这么大呢？"然后他又想起了它在谷仓上的那副自在样子，刚才看见它下来，他已经相信它是能上去的了，但他还是想象不出来它是怎么跃上三米多高的土墙的，他对身边的人说："能不能再让它上去？"

村民们围过去轰那只羊，开始它不太情愿，轰了几下，它只好当众表演了。它朝土墙下的那堆粪土冲过去，奋力一跃，让自己停顿在土墙的半腰上。然后它在土墙的陡壁上做起了慢动作，先用两只后蹄抠住墙壁，再支撑全身，空出两只前蹄仰身再次一跃，把八十多公斤的全身稳稳送上了墙头。

剩下的事对它来说就是轻而易举了，就像一个完成了高难度动作的平衡木选手，放心大胆，充满自信，它的四蹄踏出清脆的响声，轻盈跃上谷仓顶，像帝王一样居高临下，再一次对臣属巡幸俯察。

余会全想，是啊，总有一种东西高高在上，是我们所永难企及的。第一，他想不到这只羊竟会如此强壮，这是他从来没有见到过的；这改变了他认为羊都是弱的这一印象。第二,他想不到这只羊竟会如此聪明,它跃上土墙时运用了两次完成的巧妙方式,使不可能完成的事物完美实现。

余会全看着那只羊,谷仓顶上的羊,它正高傲地昂起头颈,如站在悬崖巅顶,遥望远方。这一幕是难忘的,余会全意识到了,他永远不会忘了这只羊,这只羊给他上了一堂课,这堂课是他在大学里从来没有学到过的。

二十七年之后,副省长余会全在省委党校的结业典礼上讲话,他说起了这件往事,他说:“萨依巴格乡六月的阳光是白花花的……谷仓顶上,站立着一只羊。”

2000 年 6 月 19 日写于阿克苏

捉不住的鼬鼠
——时间片论

我一出世就沉没在时间里了，时间如水我如鱼。

那是烟、雾、空气的包围，浑然不觉如影相随，我几乎不能明确是我拥有了它还是我正被它裹挟。

它是那样直接、迫近、强大地面临着所有的生命，但是为什么却最容易被忽略？

风无形，可是柳枝拂动、树弯腰，我们可以看到它的力量；空气无状，可是在阳光透射下，可以看到尘埃浮动、地气上升、目击它模糊的形态。

但是时间呢？

谁感受到它的力量、目击过它的形状？

有过一位诗人妄图正视它，结果那位诗人哭了。他突然发现了一种强大力量的隔离，感到面对一圈无形的墙壁无法穿越的痛苦。

还有一位也是诗人曾经试图接近它，结果他反而给推得更远了。他在江边痴想，人是什么时候开始见到月亮的？月亮是什么时候开始见到人的？这个问题是世界柔软的腹部，谁的拳头打向这里，谁就会因扑空而迷惘。

时间是空的。

它大到无边无际、无始无终，如宇宙天空，如一切生灵唯一的裁判，如神；

它小到无影无踪、无孔不入，它甚至规矩渺小到了可以被任何一位钟表匠囚禁于方寸之间，如奴隶。

它操纵着生命而又似乎被人操纵。

它掌管了生杀予夺之权而又隐形无声。

处处有它而无它，处处无它而有它。

它是谁？

它是钟表里的刻度，是太阳和月亮的约会；是由黄转绿暗暗托出春天的一只看不见的手，是淹没着宇宙万物的滔滔洪流；是神秘的意志，神秘的脸，是一切生命的杀手和产婆。

谁能画出它的肖像呢？

在我们的想象力的铁路修不到的年代里，一个东方农耕民族，因为自己的生活方式认识了它，给它起了一个名字，叫“季”。“季”是以四种容颜出现的，循环往复，互相衔接，从未有过一次失误。

当然还是东方，一些狩猎民族，生活在白山黑水之间。因而他们看到的也主要是黑白两色，白天是白的，黑夜是黑的，他们把它叫“日子”。

另外是游牧者，他们很容易把它叫做“纪元”，漫长的动辄千里的迁徙和转移，使他们随着或逆着它移动，也使他们看到了它更真实的茫茫无声的面容。

漏、晷、钟、表。

这些都是人类妄图捕捉住它而设的夹子和陷阱。人们以为捉住了它，紧密地把它关在里面，非常珍惜，仿佛里面关了一只规矩而又准确的小松鼠。

在这种儿童游戏面前，它是宽容的。它不愿意拆穿这种幼稚的错觉。

人们经常爱问的一句话就是，“你有没有时间？”

我们怎么能够有或者没有时间呢？因为我们的一切都是它赐予的，都为它拥有，就像我们不能说自己有没有天空一样。

它给了我们那么多时日，让我们饮食男女、劳动思考，让我们创造，它多么伟大仁慈！我们每每看到太阳饱满金红地升起，就把太阳想象为它的脸，心里流露出一个生命对它的崇拜和感激。

然而也许人们总的来说是让它失望的，人们不珍惜生命，人们不仅挥霍而且极其藐视时间，人们把它给予的一生随便地混过去……于是它使所有的人死去，让新的人诞生出来。结果差不多，于是它再让这批人死去，让新的一代再诞生。如此循环，无数代矣，它的希望竟还没有绝灭，这是多么伟大的耐心！

时间啊，我们最对不起的就是你了。

在你的忍耐和仁慈之下，我们究竟做了些什么？我们无所事事，没有目标；因为空虚，我们互相勾心斗角；因为无聊，我们把对同类的践踏当作平生乐事。

我们还崇拜金钱，就像小孩崇拜自己屙出来的屎一样。

我们不珍惜生命，但我们却贪生怕死。

我们以自私为核心，但我们经常向别人曲背弯腰、胁肩谄笑。

这些，当然你都看见了。

极度的灵活，超自然的伸缩性，不可思议的变幻速度。是的，鼬鼠一般，短肢、细长柔韧的身子，光滑的皮毛滴水不沾，豹头，双眼凝注而有神采。

无处不可穿越，无处不可逃遁。

闪电的一击，比一切猛兽凶猛。

它象征着“短暂”的残酷力量，而这正是时间的另一属性。在这寒冷的、毫无商量余地的时光匕首面前，谁也没有能力躲闪。这位快捷的剑客,它的暗杀从来没有落空过。

恐惧就是这么来的,和生命一起来的。植根于生命的底核,随着大无畏的生命一起生长。当生命吸收营养的时候,它也吸收;当生命衰弱老化的时候,它睁开了眼睛。

恐惧是灵魂中基本的颜色,是使灵魂活动的力量,梦是它的镜子。

不知畏者不足畏。

时间的弥天洪水在通过每一个具体的生命时,是细腻,是一根伸缩变化的悠长的皮筋。小女孩就是在猴皮筋上找到了它的对应物,她们像一群小鸟,在时间的枝上跳来跳去。她们正处在可以把时间当作玩具的年龄。

"一五六,一五七,马莲开花二十一。"

这种音韵上口毫无内容的歌谣,仿佛不是唱给人听的,因为它什么意思也没表达。但是小女孩们爱唱,这些精灵仿佛是唱给人类以外的什么东西听的。

时间对小孩子来说,是那样像老人,慢吞吞地难熬;

时间对老人来说,是那样像顽童,转眼就不见了,怎么也抓不住;

时间对那些伟大的男人来说,是女人,可以占有,可以利用它无形的躯体延续自己短暂的生存。所有伟大的男人都曾使时间怀孕,从而在历史上复印出自己的影像;

时间对那些美丽的女人来说,是男人,它是那样言而无信、轻浮短暂,那样轻易地摧毁和抛弃美。

人们不是都生活在时间的猴皮筋上么?

时间从来就没有公正过。

对排队的人,它磨蹭着;对有急事的人,它拖延着;

对"找时间"的人,它躲闪着;对"赶时间"的人,它飞跑着;

对没办法打发时间的人，它恶意地空洞着。

对美妙幸福的事，它吝啬着；

对辛酸痛苦屈辱的事，它挥霍放纵着。

它就是这样生性荒诞无稽，常常捉弄人。

我们以为时间是帝王，是最后的裁判。

我们总是把一代人解决不了的纠纷、矛盾、疑问留给它，寄希望给它来证明。

其实它根本就没有理睬过我们，既不关心也不评判，就像鱼在水中争吵并不与水有关，也像鸟在天上厮斗并不于天有碍。它静默地坐在一切之上，长河落日，大漠孤烟，坐地日行八万里，巡天遥看一千河。

同时它又有细致灵巧的手指，猫的无声脚步……悄然移行。

我是多么渴望看到那些已经消失了的事物再现！

这一切都是可能的吗？

在时间的尽头，在幽暗的内脏，在呈现着虚无假象的背面，在意识的深不可测的井底，那神秘的、那玄妙的、那不可洞察的创造万物之手——是什么？

1990年4月20日

隔窗看雀

它总是捡那些最细的枝落，而且不停地跳，仿佛一个冻脚的人在不停地跺脚，也好像每一根刚落上的细枝都不是它要找的那枝，它跳来跳去，总在找，不知丢了什么。

它不知道累。

除了跳之外，它的尾巴总在一翘一翘的，看起来像是骄傲，其实是保持平衡。

它常常是毫无缘由地“噗”地一声就飞走了，忽然又毫无原因地飞回来。飞回来的这只是不是原先飞走的那只，就不知道了。它们长得看起来一模一样，像复制的。

它们从这棵树飞往另一棵树的时候，样子是非常可笑的，那是一团中途划着几起几落的弧度，仿佛不是飞，而是一团被扔过去的东西——一团揉过的纸或用脏的棉絮团儿什么的。

它如果不在中途赶紧扇动几下它的小翅膀，那就眼看着在往下栽了，像一团扔出去的东西在降落的弧线上突然重新扔高，它挽救了自己。

它不会翱翔，也不会盘旋，它不能像那些大的禽类那样捉住气流，直上白云苍空之间，作大俯瞰或大航行。它是一个现实主义者，从一棵树到另一棵树，从一个楼檐到另一个檐台，与人共存，生存于市井之间，忙碌而不羞愧,平庸而不自杀。

它那么小,落在枝上就是近视眼中的一个黑点,连逗号还是句号都看不清楚。低飞、跳跃、啄食、梳理羽毛,发出永远幼稚的鸣叫,在季节的变化中坚忍或欢快,追逐着交配,有责任感地孵蛋和育雏……活着。

它是点缀在人类生活过程当中的活标点:落在冬季枯枝上时,是逗号;落在某一个墙头上时,是句号;好几只一起落在电线上时,是省略号……求偶的一对儿追逐翻飞,累了落在上下枝时,就是分号。

和人的生活最贴近,但保持距离。

经常被人伤害,却总也不远走高飞放弃贴近人时的方便,所以总不见灭绝。

它们被人所起的名称,是麻雀。不知道它们彼此之间是不是也认为对方是"麻雀"呢?

瞧,枝上的一个"逗号"飞走了。

"噗"地又飞走了一个。

虫子,爬吧

你说虫子算一个什么东西?虫子有什么了不起?有谁能把虫子放在眼里?

可是,虫子在爬着,它在蠕动着、蹦跳着、缓缓飞行或快速移动着……虫子就是这样,它不管你是不是喜欢它,欢迎它,它就出现了。它甚至连看也不看你一眼,自顾自地向着某个方向游移,也不知到底有没有什么正当、合理的目的。

虫子爬得很庄严,很有一点绅士风度,它似乎并不认为自己是这个世界上最渺小、最可怜、最让人轻视的生物,看样子它们并没有意识到这一点(它们缺乏起码的、应有的自我批判意识,它们自我感觉良好)。

特别是它们竟然毫未感觉到另一种伟大的存在正从一米八的高空威严地俯瞰着它们,是好奇的关怀,也是可怕的威胁,它们丝毫没有感觉到,而且连看也没看一眼。自顾自,它们爬着。

有什么好爬的?傻家伙!

两座隆起的丘陵之上,是两根巨大的通天柱,柱上是写字楼;写字楼之上,是个似圆非圆的储水罐,罐上有一对黑白相间的圆球在转动,投射下两束含义不明的光(这两束光的名称叫"眼光",虫子当然不会晓得)。

虫子没有理会这个庞然大物的存在,它依然在爬,而且似乎比较匆忙，反正它不是去幽会就是去觅食，除此之外没有什么别的好忙——这和我们人类大致没什么两样。也许在它心目中，俯察万类的巨物并不是什么生命，而只是一种风景，一座山峰之类的陪衬而已。此刻在世界上唯有它在活动。它并不觉得自己小，它正在地球上爬，正用它的爪子和腹部紧紧拥抱着地球，地球在转动，它在爬行，有什么理由认为它渺小呢？

各种虫子爬动的时候，那是姿态万方，各显其能的，看起来令人神往，有时候一不小心是可以使人入迷的。总的来看，虫子爬行的各种姿态比人丰富多彩得多了。

蚂蚁显得有点儿匆忙，但也经常有左顾右盼、犹疑彷徨的时候。它是一个坚定的种类，但勤劳坚定如蚁，也难免有"遇歧路而坐叹"，有团团旋转不知何去何从的时刻。所以，看看蚂蚁对我们人类是有启示意义的，因而也就懂了为什么自古就有"走路怕踩死蚂蚁"的人物。

金龟子会飞也会爬，它像一枚自己在地面上移动的小花伞。花伞上有黑斑点，底色深红，这种伞的工艺水平很高，印制雅致，一般出产在苏杭一带。它爬得沉稳，似乎因为它会飞，所以爬得不慌不忙，有闲适派的风格，也难免有一丝炫耀的味道。当然，它是美的，像一轮精致漂亮的图钉。

"图钉"在爬，旁若无人。它的小花伞对它来说是太大了，遮住了全身，只露出碎了的小米粒那般大小的脑袋，还有几根细脚爪。这就使它显得有些"鼠目寸光"了，它看不了多远，只能看到眼前的尺寸之地。可是它仿佛一边爬一边自言自语地说，"我看那么远有什么意思？我很美丽是吧——这就足够了"。

高耸于金龟子上空的俯察万类的那两道"眼光"，此时也不得不承认金龟子的自言自语是对的。尺寸有所长，万丈有所短，小小生物，何必强求都练就鹰的锐目呢？因为金龟子美丽，巨物的脚移开了，没有朝它背上踩下去，“眼光”想，让这枚精致的图钉移动吧，它多可爱。

实际上，在这人造的小花园不算太大的地面上，各式各样的小昆虫也不算少，也许它们把这误认为“自然”了。

灰色的小蚂蚱爬得慢，跳得快，它显得营养不良，像一些灾区儿童，还像三年自然灾害时期的农村青少年。零星的灰蚂蚱不时从草丛里弹射出来，划出一个漂亮的弧度，固然是有一些“绝唱”或“最后的华尔兹”的意味了。它们已经不如其祖先那样强健雄劲、遮天蔽日了，就像今天的蒙古人已不复有昔时成吉思汗的赫赫神武。

跳吧，蚂蚱。可怜的、孱弱的蹦跳族的后裔，如今好比孤零寡群……

那么扯着一根线从树枝上突然出现在人脸前的“吊死鬼”呢？它让人讨厌，复又令人哑然生笑。谁教给它这一套鬼把戏的？这个家伙怪模怪样的动作和表情，的确有一种滑稽可笑的样子，它是虫子里的小丑、恶作剧者，也是胆敢向庞然大物的人类挑衅的自不量力之徒。

但它是虫子，你能对它怎么样？捏死它，让人恶心；何况它滑稽，还是绕开些走吧——“吊死鬼”胜利了。

虫子们顽强地在这个世界上爬着，从不气馁，从不灰心；与人共处，与人相争。它们短暂的生存有什么意义呢？何况它们大部分是丑陋的、蠕动的，于人无益让人恶心的，如能灭绝之，似乎对于这个世界也并不见得少了什么；特别是苍蝇、蚊子、蟑螂之类，灭绝之，世界会显得清爽许多。

可是请问谁又能灭绝得了它们呢？

造物主既然造了它，就有它生存的理由，也有它爬动的位置和空间。可是，为什么庞大的、凶猛的、美丽的生物反而纷纷消失灭绝呢？

答曰：因为大。

这时，“眼光”忽然从对虫子的怜悯转而生发出对自身的怜悯，是啊，人类不也是“生年不满百，常怀千岁忧”的么？人类之上，那双俯察芸芸众生的眼光又是谁的呢？在那双眼光里，人不是同样像一些蠕动的、爬行的、蹦跳的虫么？无穷层次的生物组成的链环环相套，一环扣一环，一物克一物，最后，最弱小的反而成了最强大的。恐龙只是体型大的虫子，老虎古人也称之为“大虫”，如此，把这些渺小的虫子们放大再放大，说不定，你就又会看到再现的恐龙了。

“缩龙成寸”，斯言信矣。

“眼光”这时也不再自觉为俯察万类的、主宰万物的超生物者了，它降低下来，开始以平等的心去认识、观察它们，它甚至想知道它们在想什么……

在虫子的世界里同样可以遨游。

“虫子，爬吧！”他低下身来温柔地这样轻轻说着。

猛禽

那座岩壁,像是哈尔巴企克这怪物脸上的一颗长得歪歪斜斜的大门牙,龇着,突出去好远。要是这座酷似巨人头颅的山峰有眼睛,准会每次垂下眼睑,都看见自己这颗凶险的牙凌空翘起,毫无遮掩地遭受风吹雨淋和戈壁烈日肆无忌惮的灼烤。

暴暖骤寒使这颗大板牙都快糟朽了,布满崩裂的石缝和岁月的皱纹,使它乍一看不像一块石壁,而像是古城堡废墟上悬空扯起的木头吊桥。

他正一动不动地站在这块悬空巨石的顶端,凝着神,敛着翅。

只有在这样高的地方,终年不绝的天风才发出海浪那样的声响,"呜——呜——"地叫,像万物都能听懂的一种古老的语言,在这种声响的撞击下,山峰在微微摇晃。

他沉浸在这声响里并深深地理解它,就像鱼理解水,人理解土地。他可以在这一浪又一浪扑打过来的天风中岩石一样站立很久,一点儿也不觉得孤独。风就是禽类阅读的一部书。在这古老的声音里,听得见遥远年代里鹰群翻飞,啸叫着掠过天空,凌驾在风的激流和漩涡之上。那支骄傲的繁荣的家族所组成的黑色空中铁骑,袭掠平原和荒野时会留下声响。

那时候,天空不像现在这样荒芜。

鹰的家族如此衰落,这究竟是为什么呢?他不知道。他只是清楚地看到,许许多多巨大的、勇猛的、美丽的和古怪的动物迅速地减少或消失,使天空和大地变得荒凉和平淡,再也没有激动人心的搏斗。

老鼠和麻雀的世界,就是这样。渺小、平庸、猥琐、自私,最终战胜强大、美丽和献身精神。这使他感到悲哀。

哦,是大地的生殖能力衰退了么?过去,这些怪物一样重叠起伏的山峦,总能像神话似的生育出各种爬的、飞的、跳跃的、奔跑的奇形怪状的生命,有的庞大如山丘,有的微小如砂粒,可是现在呢?

他俯瞰了一下躺在山峰脚下的大地:正值深秋的旷野还透着隐隐的淡绿,草色已经快枯黄了,但绿的底色还没有被盖住。深秋的原野有种晕眩的味道,似乎被流贯自身的色彩变幻的漩流弄得有股子醉意。

杂色的树,斑驳的灌丛和灰白色的弯曲闪亮的河流,都正好合拍于大地缓缓起伏的势态,像音符合拍于旋律那样;而世界,恰好如一幅刚刚绘制完的地图。

"我就是从这怪物一样的山上长出来的一块灰褐色的生命, 一块长翅膀的石头。"他想。他凝着神,敛着翅,一动不动,和整个岩石的颜色一模一样,无法分辨。

他是一只年轻的鹰,一只猛禽。

哈尔巴企克山这块突出门牙状的大岩石, 是他经常栖身的地方,这儿十分便于他守望天下,像个凌空筑起的瞭望台。他的窝离这儿不远。

他喜欢站在这无遮无碍的高处,让太阳烘暖他的血液,让风像水流那样擦身而过,轻轻掀动身上像飞卷的鳞状雨云剪裁而成的翎羽。有时偶尔伸张开比身体大得多的一双翅膀,像魔术师突然掀起黑斗篷,很从容地扑扇几下,身体随之很笨拙地跳跃几下。他挪动双爪走路的样子挺难看，蹒跚着，一拐一拐地，被张开的两只大翅膀掀得站不稳，像个衰弱的老绅士。

翅膀太大，像个别别扭扭的负担。可是等他站稳了，把翅膀一收拢，就像把一把大黑剪刀合起来，突然间就变小了，变精干了，像一个突然把炫耀的利器藏起来的大侠。

翅膀才是他的手臂，爪其实不过是他的脚。当他在天空盘翔一阵，返回这块岩石准备着陆的时候，沿山体向上的气流托着他，他因之而大张开双翅，双爪努力向前伸，羽毛被风吹得凌乱。这时他的躯干、筋肉、骨骼被非常清晰地显露出来，这一瞬间他完全不像一只鹰了，而像一个正大张开双臂用脚试探着去够岩石的凌空御风的人！

世间万物之中，有什么东西能够完全不像人呢？一切都是在人眼睛里面呈现、被人的意识所解释的。谁也不知道事物在别的生命眼睛里呈现出什么状态，什么颜色，什么音响或什么什么。

就是这样。但，只能是这样吗？

这只猛禽想到这儿，像所有禽类那样神经质地迅速缩了缩脖子，脑袋像发呆的鸡一样抖动了几下，一偏，听见什么似的，发起愣来。

他知道他的祖先以前也是落在这块岩石上，但他总觉得他们才是真正的猛禽。那时，它们的身躯比现在大得多，翅膀可以遮住好大一片太阳的光，落在这里，也和整个岩石差不多大。可现在……他低头瞅了瞅自己小小的身体，天哪！成什么样子，简直比一只公鸡大不了多少！

英勇的猛禽正凌空而下
它能一膀子拍断公骆驼的腰

这是一支流传在旷野长风里的古歌，每当风起时，他便听见。风声变成了祖先尖厉的啸叫，一下就点燃他胸脯前狂流奔窜的猛禽热血，一直涌向咽喉，使他兴奋、激动不安，渴望在拼搏中死去。他觉得，只有这样他才对得起他的祖先，对得起他鹰的家族和脚下的这座哈尔巴企克山峰。

他每天都在这块岩壁上站很长时间，他也说不上为了什么，反正他身体里有一股力量，一股模糊的欲望促使他等待什么似的站在这儿，漫无边际地想，漫无边际地望。他好像觉得自己也化成了岩石的一部分，成了面前这生命大舞台的局外人和旁观者。

和这一切拉开了距离，他的眼睛反而看得更清晰了。

在很远的那道山谷里，有含着肉香的淡烟飘起，还有几个小人影蠕动。他认得那座圆形的人的窝巢。在他还不能飞的时候，在他还十分软弱的年纪，那里面有一个长黄胡子的人攀上岩壁，把发红的粗大的肉爪子伸进窝里来。他惊叫着撑起软弱的身体，狠命地用嘴咬它。那只红红的肉爪子，又顽强、又灵活，但终于屈服了。它伸向了窝里的另一个，把他的伙伴带走了。

以后他曾飞到那黄胡子的圆窝上盘翔过几次，看见他的伙伴被铁链子拴住脚，立在一根木桩旁，神情沮丧，目光冷漠，抬头看见他的时候好像根本不认识他，懒洋洋的。

他不懂，那些刚刚学会站立而不再像其他野兽那样匍匐在大地上的人，用什么方法使伟大的居高临下的飞行物俯首帖耳？变得像鸡一样顺从，像鸽子一样飞去还飞回？但他知道，这些蠕动的不会飞行的动物，制服了禽类，使高傲的凌驾在它们头顶之上的精灵，成为它们的奴仆。人很厉害！它们有不少难以理解的本领，但他有一次还是俯冲下去，从那座圆窝顶上掠走了一块晾在上面的羊肉。他看见那些人大喊大叫，拿他却没一点办法，心里很得意。这是他对黄胡子实行的唯一一次报复。

想到这儿，他挺高兴，就张开翅膀扇了几下。他不会像人那样笑。

无数的山坳、峡谷连接着,串通着,在重重的险峰峻岭中形成了人走的道路。一般说来,野兽不从谷底走,而是在山上走,它们不到人走路的地方去,那里有一种危险的气味。

但也有时候例外。这时,穿过一片被山的阴影覆盖的松树林,就正有一只狼匆匆地走过来。

看得出,是只老狼。

它灰黄杂乱的皮毛和秋天茅草的颜色一样,上面粘着一些草秆儿和一些羊粪蛋一样灰乎乎的刺球儿,正低着头匆忙地走着。目光在光亮中显得暗淡,仿佛掩盖在灰烬中的两粒火星子。

它有一条前腿有些颠踬,像被狼夹子打过。但它宁可把被打住的腿咬断,也不在那儿束手就擒。狼都是亡命之徒。它们和狗不一样,狗要是警察,狼就是逃犯;狗要是在城里开卧车的司机,狼就是在戈壁滩开着大卡车跑长途的司机。再凶猛的狗也怕狼,骨子里怕。因为再棒的狗,也在被人喂养、叱骂、摆弄的过程中丧失了自尊心。人只是利用狗,哪会真正爱狗呢?他们爱的只是自己。而狼不一样,狼是在屈辱中独自求生的,它和狗的最大区别在尾巴上,一个是垂直的,一个是弯曲的。而尾巴,其实正是野兽们生命尊严的旗帜。

把一对同宗同种的孪生兄弟,造就成了完全势不两立的冤家对头,这只能说是人的残忍。他一边这样想着,一边下意识地拢紧翅膀,目不转睛地盯住那只老狼。

它已经在一条被春天的雪水冲刷出来的干涸了的河底上小心翼翼地走,那上面布满了白色的卵石和碎石片,使它走起来一瘸一拐的,样子挺可怜。

也就是这时,他发现远处草坡上出现了一只半大的小白狗,蹦蹦跳跳、愣头愣脑地游荡着,打打滚儿,咬自己的尾巴转圈儿玩,很天真的一副傻样子。这只小白狗还没有发现狼,老狼先发现了它。

他以为老狼会绕道逃走的,不料它反而迎上去,尾巴竟然翘起来了,耳朵也像狗那样耷拉下去一半。它向那只小白狗慢慢走去,在不远的地方站住。

小白狗满脸疑惑地望着它,嗅到一股陌生的凶气和野味。但是老狼懂得狗的礼性和语汇,显出一副倒霉的、被主人遗弃了很久的老狗的样子。小白狗相信了,而且同情它,朝它这边走来。

它们相互嗅着,用身体轻轻在对方身上蹭着,小白狗用尖细的嗓音喔喔地叫着表示信任和依恋。当老狼嗅至这只小白狗的颈下时,突然小白狗猛烈地抖动起来,不一会儿,那跳跃、挣扎的白色身体就跌倒了,被老狼拖进一片树林中去。

他第一次看见大地上发生这样的事。这只年轻的鹰,这只猛禽,在哈尔巴企克山那块门牙状的岩壁上,目睹了这只老狼卑鄙的骗局。

"狼不是亡命徒,而是恶棍!"

他对这只老狼的可怜心消失了,愤怒的血液流贯全身,直通到他那像生铁铸成的一双利爪上,抓得岩石也在嘎嘎地作响。

这下,他总算知道自己为什么老爱站在这儿了,他期待的那个时刻,到了。

像祖先尖厉的啸叫声那样凄厉苍劲的天风,突然掠过高空,使整个山峰摇晃起来……

他离开了那巨石,像个溺水的人那样,翅膀徒然地划动,身体却一下沉落下去好几丈。这么沿着陡壁滑了一会儿,翅膀才捉住向上的风,就势顺着深谷俯掠过去,他看准了一条气流铺设的跑道,长长地滑翔,迅速有力地抖动几下双翅,这才算跨到风的背上了。

盘旋，上升；再盘旋，再升高。

他开始寻找那只老狼。“老狼不可捕！”蓦然间他想起这句父辈传给他的诫条。这句早已淡忘而实际上已经深深种在他心里的话，忽然清晰地跳出来，阻止他冒险。

悠然飘浮，他在高空来回踱步。

狼终于出现了。它从树丛里钻出来，朝周围望了望，站住，一边竖起两耳听听，一边用舌头舔着嘴边和鼻子尖上的血迹。它知道没什么异常，安心了。

咧开嘴打了一个可怕的哈欠，它便跃过河底，朝一片开阔地小跑过去，步态蹒跚，吃饱了的身体显得有些笨拙可笑。

这只恶狼正完全暴露在旷野上，而他恰恰盘旋到最适合的角度。诫条重新消失。他果敢地压低翅膀，猛一侧身子，毫不犹疑地从高空直射下去！瓷蓝的天空划出一道长长的裂缝。

山脊从他腹下急速掠过，每块石头的纹脉都看得清清楚楚。

树梢从他眼底一闪即去，大地骤然向他迎面伸开巨大的手掌。

他两眼死死盯住老狼灰黑的脊背，这一扑不能有闪失！只要扑不中，他知道第二下将是谁扑谁。着了地的鹰是搁浅的船，再起飞很困难。但是他绝不扑闪，他要低低紧跟住狼，在最有把握的刹那发起攻击。

他那时首先会伸出左边的利爪，一下攫住狼屁股，让利爪的刃尖深扎进它的骨缝。这种剧痛是岩石也无法忍受的，狼一定会本能地反过身来扭头撕咬，一定是这样。那正好，他的右边的利爪就可以不失时机地抽过去，插过狼的两耳之间，掠过它的额顶，闪电般地、准确地直抠住它那对眼睛！

然后，双翅一用力，把瞎了眼的狼提起来，让它四蹄离地，它的力量就全没了。两只前后抠紧的利爪猛力向中间一撅，那狼腰就断了。猛禽几千年来就是这样从大地的怀抱里夺取肉食的,他曾经这样多次捕杀过狐狸。

对付老狼,这却是头一次。

他双翅驾着一股带腥味的雄风,自空而降……

那老狼,仍旧只是不慌不忙地、蹒跚地小跑着,头也不曾抬起向天上望一望,好像压根儿不知道危险将临,但它的两眼却死死盯住地面。

地面上有一个鹰的投影。

它盯住他的影子,紧紧咬住锋利的牙齿,像是咬住了那只从空中盯住它背脊的家伙。它恨他,一切在它吃饱了肚子之后向它挑衅的混蛋,它都恨!恨到牙齿缝儿里,牙齿根儿里!不用抬头,它就知道来的一定是那号自以为正义的乳毛未干的臭鸟,它简直想扭过头来朝他破口大骂一阵,骂个痛快,“滚你妈的蛋吧,地上的事你少管!”可它没那么蠢,那是些不懂事的小狼干的傻事,它知道克制。而克制常常要比一般的勇猛更见效,知道并能做到这一点,就是最了不起的资本。

所以,当那只年轻的猛禽开始攻击它,用那只利爪抓住它的后臀,直扎透骨缝、掐断神经的时候,它没叫。

它把一声彻骨的狂号关在喉咙里,只挤出一丝呻吟。清醒的计谋扼制住本能。

它反而更低地向前伸着头,开始狂奔。

鹰的翅膀在它身后猛烈地拍响,掀起尘土、砂石,拖住它,像两叶逆风的大帆,摇摇晃晃,忽左忽右,好几次它都几乎要被掀翻了。它后腿软绵绵的,使不上力,剧痛这时已经麻木了。它是一头拖着死神的老狼,要么被他撕碎,要么撕碎他!

它拼命朝一片枝干密密匝匝的灌木林奔过去……救命的树啊!它在

心里喊着。

像个不幸坠马而又有一只脚套在镫里的骑手,他如今被一只残缺不全的只有三条半腿的老狼倒拖着狂奔。他几乎还没明白过来,态势就突然逆转成这个样子,一只爪已经深陷在狼身上,被锁在骨缝里,取不出来了,另一只爪只能无望地在狼背上挥舞,却无法够到它的要害——眼睛。狼只要不回转身来,他就毫无办法。这时,他才隐隐感到这只老狼的厉害。它不露声色的克制,从中间破坏了他的连续性打击,并使他的第一次打击转化成无法摆脱的牵制。

狼发疯般不顾一切地冲进灌木林。

枪林剑丛,劈面刺来!

枝杈戳他,枝条抽打他、纠缠他,蛛网一样的蒿草捆缚他的翅膀,而老狼,拼命地拖着他朝灌丛深处钻!他将这样被活活拖垮。

他那只无望的右爪本能地抓住一棵矮树的枝干,一下就抓住不放了。他是一只年轻的鹰,树是他信任的东西,抓紧树干是他的禽类本能,他想借以重新腾空起来。

然而他抓住了不幸,犯了致命的错误。

两只铁钩似的利爪都无法脱开了,他感到两腿之间的筋肉猛然间被撕裂,血液发出金属被击时的那种鸣叫声,他觉得自己被分成了两个……

昏迷之中,他还听见自己的翅膀在不停地扑打着,发出很大的声响,像是一面钉在树上的旗帜,“哗啦——哗啦”地在风里颤抖着,痉挛着。

哈尔巴企克山钢蓝色的积雪的山峰和那块大岩石在他眼里最后闪现了,定格在他的渐渐凝固的瞳孔里。

“只有高飞过,才知道匍匐之不幸!”

一声长叹,他真是遗憾死了。

那只老狼从灌丛里蹿出来，惊魂未定地喘息着，伸出舌头。它扭头望着那片灌木林，声响渐渐消失了。慌乱中毫无目的地转了一阵，它累极了，便卧在地上。然后，它又坐起来，可是它突然像被咬了一下似的跳起来，那只猛禽的铁爪还留在它身上！

剧痛又开始了！它觉得像有一只坚硬的东西在凿它的骨头，磨碰它的神经，使它无法休息，无法安宁。它试着扭过身去咬，但一拽更疼。“这可恶的鹰爪是倒钩！”它恐惧了，它长嚎起来，打滚，不停地扭着屁股。而且它老觉得身后跟着一个什么异物，下意识地受惊，不由自主地奔逃。

它知道，这个无法摆脱的东西会一直这么折磨它，直到它筋疲力尽地死掉……

嗷——它向旷野发出绝望而又凄凉的长嚎，一声又一声。

飒飒的秋风从长空直射下来，似乎带着云层里的一股子杀气，从长满灌木和茅草的大地上俯掠过去，直透旷野深处。

天凉了。

1985 年 6 月 21 日写毕

红嘴鸦及其结局

那个冬天是极其漫长的,好像是季节——这四个轮班的女护士当中有一个完全忘记了接班,而这一个交不出班去的就是那年冬天。冬天是一个穿白衣服的女护士,她因为交不出班去就不停地埋怨,絮絮叨叨,造成了有始无终的大雪飘洒纷扬。

鹅毛大雪——冬天这位女护士的语言碎片,弥漫充塞在草原天地之间。就这样混淆了时间的界限,搅乱了季节的秩序,使等候春天的人们坐在火炉边变傻。

窗外的木桩上拴着几匹马,它们很是安详,一动不动。这是些在露天站着睡觉的生灵,正显示出一副麻木不仁的冷漠表情,好像漫天纷落的大雪和它们完全无关。

它们像疲惫的奴隶一般忍受着,站立在雪地里睡觉。耳朵上,鬃毛上,鞍背和后臀上,渐渐铺了一层厚茸茸的积雪,甚至马的睫毛上也落了雪。它们连抖也不去抖一下,像几匹垂颈肃立的化石。

那年冬天,辽阔的巩乃斯草原变得寥廓了几倍,它显得很厚,很期待,仿佛一位等待远客来临的主妇在整个庭院里铺了豪华洁白的羊毛地毯,但是始终就没有一个脚印踩上去。那个冬天正是这样,那块豪华的厚毯始终没有脚印。

当时寥廓的冬天里，孤零零地有一座泥坯筑起的小屋，当时是这样。小屋里有一个泥砌的火炉，炉火非常温暖。巩乃斯的煤块是油黑晶亮的，着完的煤灰和中华烟的烟灰一样白。在火炉边，等候春天的人昏昏欲睡。

后来雪下得略微稀疏了一些。

泥屋里的人看见一只乌鸦落在近处的树梢上，换了好几个树枝，才站稳。枝上的雪被它弄得抖落下来，洒在它头上，乌鸦缩了缩小脑袋，好像一个耸起黑风衣领子的侦探，守在那地方。

又有一只乌鸦像是它们一伙的，也飞过来了，干脆落在泥屋窗户的土台上，隔着玻璃朝里面看着。这只乌鸦的眼光里丝毫没有流露出对温暖火炉的羡慕，也没有对等待春天的人表现出惊奇和佩服，恰恰相反，有一种明显的轻藐。它开始在窗台上走来走去，翅膀倒剪在背上像一双倒背交叉的手。它低着头走来走去，像在考虑重要问题的一个大人物，很可能过一会儿就要发表演讲。

等候春天的人走过去，用手指敲了几下窗玻璃，“哒、哒、哒”，乌鸦一惊，飞走了。

这只乌鸦飞上树，和守在树梢上的那只“侦探”说了点什么，交换了一下意见，“侦探”点了点头，那乌鸦又飞回来，重新落在窗台上。“哒、哒、哒”，乌鸦用嘴在玻璃上敲了几下，模仿着刚才敲玻璃的几声。

等候春天的人在土屋子里笑了，仿佛被一个小孩的过分老练的举动逗笑一样。他看那乌鸦的嘴，竟是红的。深红的喙配着漆黑的羽毛，在一片白雪茫茫的背景下，格外有趣，看起来似乎比普通的乌鸦俊气了许多。在草原上，并不是所有的乌鸦都是红嘴，当中只有一小部分的红嘴鸦。它们看起来不像普通的乌鸦那么愚蠢讨厌。

等候春天的人想捉住它。

在那个漫长的冬天里，这是一个游戏。

他在土屋外扫出了一块空地,然后用小木棍儿支起一个脸盆;小木棍上系了一根白绳子,绳头一直扯进土屋里。准备停当,他在脸盆下撒了一些碎馒头,就躲在土屋门后,等着。

一个明显的陷阱,等着冬天饥饿的禽类。

一只。两只。

其中一只大胆走近脸盆,歪着头,研究了一番,先假装往里伸伸头,一缩。另一只踱步观察,只盯住看。过一会儿,两只凑在一起,仿佛商量,研究讨论部署。突然,同时猝然扑进脸盆,抢叼食物。

等候春天的人等好了这一刻,绳儿一拉,脸盆咣当盖地。盆沿砸住翅膀的一只被挣脱飞走了,盆里面扣住了一只。

他谨慎地掀开一点盆沿,小心地把手塞进去,摸索着。听见翅膀拍打盆沿的声音,他捉住了那只红嘴鸦。他高兴极了,举起这只俘虏像高举起一个冠军奖杯,一边跳跃,一边狂呼乱叫。

高兴完了一看,那只红嘴鸦在他手中气死了。那鸟脖子一歪,就死了。

等候春天的人回到土屋里,重新坐在火炉边,火依然很旺。他很沮丧,为了这只巩乃斯冬天的高傲的红嘴鸦,他一直想不通的是这样一只乌鸦为什么竟然会气死。“它太骄傲了,这只红嘴巴的乌鸦。”他沮丧地想。

许多比它庞大,比它美丽,比它高贵或比它凶猛的动物,都归顺了人类。而它——一只草原上的乌鸦——仅仅是因为长着红嘴,却不肯归顺,不甘心当俘虏和玩物,竟然气死了自己。太不可思议。

那个冬天是极其漫长的,宛如一个白茫茫的梦,一个梦境中的神话。在那个梦中,有过一只模仿人敲门的乌鸦,乌鸦长了奇怪的深红的嘴,它对那位等待春天的人说了神秘的话。

神秘的话是这样的：

“你们捉住他，给他戴上枷锁，然后把他投在烈火里。”

结局正是这样。

猛兽多是懒汉

这也是一个奇怪的现象:猛兽大部分时间是慵懒的。猛虎肉醉,狮王常睡。越是在短时间爆发出迅猛搏杀的,越需要长时间养精蓄锐。狮、虎、豹、熊,多为懒汉;彻底放松,王者坦然。看看它们那种懒散随便的样子,就知道处于食物链顶端的肉食者何等自信。

相反的一面就是草食动物基本上都是勤快的,要逐水草,要大迁徙,要不停地吃,要不停地生,还要随时提高警觉性,吃草要竖起耳朵,睡觉只能睁眼打个盹。马是站着睡觉的,除非病卧倒毙,马不会躺下。在自然界,草食动物就是弱者,生存没有安全感,因而没有懒的资格。

人的社会不等同于自然界,但也不能完全摆脱自然法则。君不见,熙熙攘攘忙忙碌碌奔走求食之辈,多黑瘦勤快;懒懒散散不慌不忙稳坐高卧之流,皆白肥懒慢。固然是一个竞争激烈的社会,做一个真正的懒汉不容易了,但是当一个懒卧的狮子还是人生的高境界理想。首先,要有安全感,放心大胆地睡,没人能吃掉你。其次,要衣食住行无忧,不被贪欲所驱动。第三,知道自己是狮子,可以肉醉,不为肉累,保持那份坦然比多捞几只羚羊更珍贵。

现在老是提倡进取,在物质利益方面,过于进取,则是贪欲。尤其当了狮子,贪则丑,懒则美。当一个懒汉是一种人生境界,因为,猛兽多是懒汉。

北极熊

北极熊是一个矛盾集于一身的家伙——一身雪白点了三点黑，黑白矛盾；生活在最冷的北极却经常入水游泳，冷热矛盾；身躯肥大长相憨笨却善于以智谋捕猎，表里矛盾；性情凶猛性格孤僻却十分惹人喜爱，主客观矛盾。

设想一下，生活在极地冰雪严寒世界里北极熊的那种心境，实在让人同情、让人怜爱。它不知道它是一个被流放的政治犯，人家只流放到西伯利亚，它却被流放到了北极；人家虽被流放，总还有个期限，有个盼头，它却是终身的，无期的，子子孙孙乃至永恒的。

谁流放了它？

它到底犯了什么错误？

不知道，一笔糊涂账。

北极熊不算这笔账，它懒得算。相反，它爱上了这海洋和冰川，爱上了这刺骨的严寒，并且给自己赋予了与冰雪相融的毛色。它娶妻生子，繁衍生息，特立独行，俯仰天地。以爬冰卧雪为乐，以入海捕猎为荣。它完全遗忘了它那些别种毛色的同族，什么棕熊、灰熊、黑熊，全忘啦，都不认识。它独创了一个新的种族——北极熊！银光闪闪的、身躯高大俊美的、不受任何寄生虫干扰的、遗世独立如梦幻的、传奇的冰雪帝王或贵族。

北极熊是完美的,它证明一种生命与任何环境相融的可能。它在极限中求平衡,在极限中达到完美。

现在,你如果把它迁移到任何你认为好的地方,热带丛林啦,非洲草原啦,亚洲丘陵啦,纽约、伦敦、上海、深圳啦,我估计它都会说:“这些地方又闹、又乱、又脏,不是人待的地儿!”

它的心留在了北极。

猫与女人

猫与女人分属两个不同物种，看起来风马牛不相及，差别很大；实质上却很有关系，它们在精神上有许多共同点，形似魂更似。

女人是猫，男人是狗。

女人似猫处，身形柔软而风摇水动，貌似乖巧而心怀异志，细声细气而暗藏利爪。偎依在你怀里的猫，看起来是最驯顺的、最依恋的，但实际上它却是内心独立的，它始终没有把自己全卖给你。它有自己的生活，夜间如影般匆匆活跃的，是它另一面自己的生活。狗不嫌贫爱富，狗是直肠子，猫却是一肚子的弯弯绕儿，一肚子不可告人的秘密。

狗若是警察，猫就是卧底。

猫和女人的关系就这样建立起来了，建立在精神气质秉性一致的基础上。法国画家史丹林画猫独得神韵，他画的猫是女人，而且全是性感的、成熟的、厉害的美女。还有一幅德国的藏书票更是传神，画面是一位全裸的黑发美女坐在椅子上与一只蹲在地上的黑猫对视，既是彻底的无邪又是绝对的淫念。猫和女人都是以柔克刚的典范，没有这种柔克不了的刚，因为这种柔的最深处暗藏着最决绝的狠，在涉及生死存亡的问题上，猫和女人一样，出手绝不犹豫，而且彻底。

我们这些狗一样的男人在娶了猫一样的女人之后， 且不要沾沾自喜,以为占了多大的便宜。实际上,被蒙在鼓里的、被暗中掌控的、正处在生活危险状态的,往往正是你。

南极的绅士们

北极熊是北极的贵族。

企鹅是南极的绅士。

它们穿着晚礼服。雪白的、刚刚浆洗过的白衬衫上没有一点油污。皮鞋好像稍微大了一点儿,但也无伤大雅。走路是谨慎的,身板挺直,讲究风度和礼仪。如果是一群企鹅行来,秩序井然,一般不会错乱,人家是绅士。

绅士,有板有眼,自我规范;行为举止,不能稍乱;独自一人,不显孤单;入伙成群,不露异端;端庄大方,且行且谈;表里如一,如神似仙;内心丰富,表情简单;出身高贵,三代单传;浴则深海,立则冰川;优哉游哉,南极模范。

在南极,绅士不是一种阶级,而是所有的企鹅,全部都是绅士。这是多么有趣,谁教给它们这种风范?谁遗传给了它们这种品质?然而绅士也有苦难,当贼鸥把小企鹅抢走时,血淋淋的现实肯定给它们以精神重创。只是它的痛苦表现得很节制,有点“节哀顺变”的意思。

向犀牛致敬

“孔武有力”这个词很可能是因为犀牛才产生的，世上没有哪种动物比它更符合这个词。狮子老虎有力，但那是凶猛；大象野牛有力，但那是壮硕。有力而又孔武者，唯犀牛而已。

犀牛是一种武装到牙齿的草食动物，它好像爱好或是信仰“武士道”，它的外表给人以尚武的、凶蛮的、充满攻击性的威吓，本质上却是一个和平主义者。它的外表和实质是完全矛盾的，但它的假象已弄假成真。

它全身披着厚甲，只留下关节活动的接缝处，壁垒森严，无懈可击。它是防守的典范和大师，但它不仅仅止于防守，它把一柄利剑擎在鼻端，对任何猛兽足以致命，格杀勿论。它显然知道那句名言：如果不能具备致命的攻击，任何防守都不是严密的。

它矮壮、紧凑，四条短腿像是四根粗壮的石柱，支撑着吨位足够的身躯，身躯里蓄满惊人的力量。它的眼睛长得太低，看起来不怀好意。这是一位古代武士，一望而知来自远古的年代，当这个素食主义者把自己打扮成这副模样的时候，我们知道，它的进化成功了。它不吃任何人，但谁也别想吃它，它已经生活在自由王国，可是它的种族却并不繁盛。

我们不知道犀牛怕什么，雄狮猛虎这些掠食动物害怕一旦伤残老迈捕捉不到猎物就会饿死，角马羚羊则时刻处于被袭击捕食的危境，犀牛怕什么？只要大地还长草，它就所向无敌。

所以应该向犀牛致敬，它的生存技巧虽然有点滑稽却十分管用，它甚至超越了食物链的规律，成为兽中之神。它唯一的失误之处，就是没想到地球上会有人类，人看中了它鼻子上的角，把它的武器当作自己的良药，必欲取之。从这时候起，犀牛开始倒霉了。

但是人类还是对它表示了足够的敬意，那就是把它铸成青铜像，放在宫廷里，镇妖驱邪。

藏獒不是宠物

藏獒现在的名气可是大得很，一夕成名，身价百倍。一只纯种藏獒可以卖到上百万元，比人还贵。如果藏獒有思想，它会怎么想呢？过去，它不过是一种大型土犬，长在草原，处境险恶；外御野兽，内抗饥寒；冰峰冷月，孤独寂寞；凶猛性情，暴怒品格。若与牧民为伴，恪尽职守，吞一些牦牛皮骨，就算美餐。若遇群狼来袭，拼命格斗，受一些轻伤重创，死不回头。

呜呼，藏獒者，西藏高傲之犬也。

人今以重金购之，作宠物贵之，置于江南温柔乡、花柳繁华地，不闻狼群熊罴之吼，耳听丝竹管弦之乐，日以牛奶牛肉、羊心羊肝饱食之，居则高厦别墅、暖气空调，行则宝马香车、草坪花径。一日一沐浴，三日一美容，五日一体检，藏獒其乐乎？

生于雪域高原，为御狂风暴雪，长得一身厚皮长毛，今入江南，湿热不堪，脱毛换绒，何其狼狈？惶惶如丧家之犬矣！至于光影迷离，五音乱耳，嗅觉混淆，方向莫辨，藏獒这种草莽英雄高原好汉岂能不根性动摇、方寸大乱？况且整日无所事事，哀鸣思战斗，对手在远方。卧于洋房别墅花园香径，甚不谐也；倒不如卧于毡包外、土岩上，两耳直竖，目光如电，雄姿恰如人间虎豹，威猛更似一代豪杰，偏一隅而雄天下，真藏獒也！

子非獒，焉知獒之乐？

子昔穷困今富贵，焉知獒亦喜富贵？子昔饥寒今饱暖，焉知北极熊必急于调离北冰洋？万物各有秉性，何必以己度之？

请放藏獒归西藏，它是猛物，不是宠物。

虎威

尊人有虎威，那是奉承。凡人哪里能有虎之威呢？俗人哪里能有虎之美呢？人，生于市井里巷，长于嘈杂社会，饮不明不白之水，食化肥农药之粮，所遇皆躬身假笑之礼，所谈非清风明月之事，人之俗，乃天下万物之首，人怎么可能有虎威呢？

景阳冈武松曾打虎，百千年来，人们津津乐道，说书的，演戏的，乐此不疲。以为人终于赤手空拳打死了虎，证明人之膂力可以胜于猛虎。其实不然，虎亦有病弱者，以武松之强打病弱之虎，偶然一例，不足夸勇也。

虎，大自然之精神也，大自然精神之完美体现，尽在于虎。它生于自然山林，饮山泉之水，食自然养育之物，以松林为街巷，以日光明月为灯盏，以四季为秩序，澡雪披风，饱卧凝思，独与天地山河相往来。虎之面相，有王者之气；虎之体魄，有大将之风；虎之斑纹，有天工巧夺、锦绣斑斓之美。见过了虎之大美，再看人，皆不足论。然而虎之死敌，人也。

人虽力不能搏虎，然而人之奇技淫巧，足以杀虎。陷阱、兽夹、弓弩、枪弹，猎虎以自炫，售皮以自富。虎进化几亿年，人猎杀几百年，而今危矣，虎已濒临灭绝之灾！

人有所悔悟，开始养虎。养在笼舍，了无生气；养在假山假水间，面带病容；练习野生放养，那虎，竟连一只瘦弱山羊也不会捕捉了！

失了山林,虎威焉在?离了天然,大美何存?虎威虎美丧失之日,就是大自然破坏殆尽之时。虎是警钟,也是丧钟,“丧钟为谁而鸣”?

丧钟为人类而鸣。

小狗为什么这么可爱呢

小狗为什么这么可爱?哎——为什么可爱得这么没道理、这么自在、这么浑然不知、这么完美?特别是比它的爹娘更可爱,难道它不是那对狗爹狗娘生的而是上帝之手亲塑的?那么,上帝呀,你为什么对这些小动物如此偏爱?

小狗为什么这么可爱?哎——可爱得让人心酸、让人感慨、让人恨不能是自己亲生的,让人心甘情愿当它的父母,庇护它,照料它,全心全意为它服务,抓屎抓尿把它养大。小狗的可爱超越了狗,扩展了人类的审美和良知,它的完美震撼了人类。

小狗为什么这么可爱?

有时候一个罪犯,他可能会杀人却不忍心加害这样一对小狗;他下不了手,说不定会收养它。有时候一个饿汉,他恐怕很难毫不犹豫地把小狗煮熟了吞吃下去。

小狗睡了,更加惹人怜爱。

它的睡相你完全可以看作是天使的睡相,纯真无邪,憨顽圆熟。它那么干净,那么天然,那么饱满,展示了一个幼小生灵对这个世界的信赖,它有盲目的安全感。

它太小了,太幼稚了。

它不知道这世界每时每刻都是动荡的,变化的,危险的因素随时存在。它更不知道它所依托的人类本身就是最不安全的因素,处在各种恐怖的威胁之中——这一切,小狗不知道,所以它睡得最香,像天使一样。

小狗为什么这么可爱?

因为无知,所以无畏也无邪。

斑马之美

和驯养的马相比,从外表上看,斑马更像是人工精心育养的。它们那么整洁、那么饱满,高矮胖瘦也差不多,身上的斑纹极具时尚感——就像是假的、人画上去的,斑马很像人造的产品。

然而斑马的确是野生的,完全没有驯化的。这很奇怪,为什么别的马都早已驯化,唯独斑马不能驯化呢?难道仅仅因为它身上有着奇妙的条纹吗?时至今日,我们没有看到过任何一位骑士或美女骑着斑马招摇过市,斑马是马,但是斑马不能乘骑。这和我们对马形成的经验大异其趣,有些不可思议。

斑马有强健的身躯,完美的腰背,滚圆饱满的臀部和短而结实的脖颈,可以想象,骑上去非常合适。更何况它的四条腿蹄像纯钢铸就,其奔跑的能力为马中罕见。如果骑着一匹斑马去参加奥运会赛马,肯定会爆出本世纪最大的新闻。有过这种想法的人肯定少不了,但是所有的尝试也都以失败告终,天赐斑马以完美的腰身,同时大自然又赐斑马以永不就范的野性灵魂!

斑马之美,美在极近人工而完全野性。它太漂亮了,真可以说巧夺天工。它的斑纹布局巧妙,鬃毛齐整如梳,它像一个大玩具,一个电脑绘制的图像,然而它宁肯与狮群周旋也不让人摆弄。

斑马的面部斑纹有些像京剧脸谱,这使它更美。黑白相间的条纹非但没有让它变得更凶暴,反而让它显示出一种难得的优雅和温柔。斑马的这张脸是怎么画出来的?谁给它画的?画得像人的指纹一样成为个体的终极标识。

斑马在非洲草原上组成帝国,组织严密,个体自由,它们强有力的四蹄震撼大地,以美丽的斑纹装点世界,被狮子撕裂或被鳄鱼咬噬,证明美并不能阻止饥饿。然而斑马不会长久地沉溺于哀痛,它在尖牙利爪和血盆大口的夹缝中奋勇求生,在干旱中迁徙,长途中跋涉,熟悉了非洲的每一寸土地,俨然是这里主人。

斑马之美,请勿猎杀。

猫头鹰

猫头鹰可以说是飞禽与走兽的巧妙结合。猫的头眼，鹰的翅爪，两样这么一凑，亏它想得出来！

与猫头鹰类似的，还有蝙蝠。它是老鼠异想天开的产物，自然会形成十足的妖魔化丑态。但是能飞，它是做到了。

蝙蝠虽然丑而怪，却因一种牵强附会的谐音被历代中国人视作吉祥物，就像一群受到皇帝宠信的奸佞之徒。这里面有什么深层的文化心理，的确有待研究。与此相反，猫头鹰不仅不丑，且幽默可爱，却被视为不祥之物，虽益鸟而遭拒斥千年。

猫头鹰像个蒙冤受屈的忠臣那样，仍然守着夜，不休止地捕鼠，与其相伴的往往是背后一轮大而惨白的月亮，好像在说“月亮代表我的心”。可是没用，人们还是排斥它，没听说谁把它当宠物，它夜间一声警示性的啼叫，却被人视为不祥和灾难之兆。猫头鹰没办法，端立枝头，凝神屏气，不哀不怨，睁大双眼，它还是坚信：只要我捕鼠，人们会理解。

一千年过去了，又一千年。

终于遇上了一个欣赏猫头鹰的人，他就是鲁迅。他看出在黑暗的时代，猫头鹰象征着对黑暗的诅咒，在不公的社会，猫头鹰代表着对公正的等待。鲁迅自己就是一只猫头鹰，诅咒黑暗，捕杀鼠类，猫头鹰身，锐目利爪。他至死留下的遗言也是猫头鹰式的语言,“让他们去怨恨,我一个也不宽恕!”

这猫头鹰,这《坟》的封面,这棵怪样弯曲的树,都是鲁迅画的,我只是把它们凑在一起了。

笔法多么简练、形象多么生动。

一生偏爱马文章

一

听别人告诉我，拙作《巩乃斯的马》选入中学教材，这自然是好事，值得作教材，毕竟要使无数学子眼观口诵，在那些年轻的心里留下些痕迹，影响一茬人。去年九月恰又收到作家权益保障委员会一封信，开列了一份人民教育出版社将我的文章用于课本上的篇目，竟有十七篇之多。这的确大大出乎我的意料，以至于让我怀疑起自己来了，那些文字有那么好吗？值得让大家当作课本去学习吗？因为在我的记忆中，课本是文化传承的重要途径，小学时学过艾青的《春姑娘》，使我终身铭记。课本里的作品近乎神圣。现在，轮到自己的文字选入课本了，有几分欣慰，还有几分陌生，因为我已经远离了青年学子的那种特定的心理和环境。

二

《巩乃斯的马》这篇散文，得益于两个人、一段生活。一段生活，是上世纪七十年代初在巩乃斯草原某部农场接受再教育的日子，那时我二十多岁，所经所历，刻骨铭心。到了 1984 年，《解放军文艺》杂志社要搞一期“散文专号”，编辑郭米克写信向我约稿，他说“我相信你能写好散文”。

其实，这之前我没写过散文，我热衷于写诗。为了不辜负他的信任，我就写了这篇《巩乃斯的马》,写完,心里没底,就请我的老师丁朗(军区文化部副部长)看看。他看完以后,抬起头来,"不错,很好。第一次写散文能写成这个样子,很好了。须知,许多诗人是写不好散文的。这证明你以后可以写散文。不过欠缺的是文中没有群马奔腾的场面,有没有这方面的经验呀?如能补充上,那就太好了。"

为什么非要写群马?我不理解。但是我也隐约感到了文章的单薄。他指出的缺陷我不能不当回事,就回去改写了一稿,加了一大段群马奔腾(而且是在雷雨中奔腾)的场面。此稿发出,即受好评,论者不断引用这节群马奔腾文字,认为是文中精彩之处。之后多年,我重读此文时也愈发觉得增写这一节的重要,如果没有这一节,文章的光彩会减掉一半。

所以,如果没有郭米克特意约稿,那就不会有这篇文章;如果没有丁朗看后提出宝贵的修改意见,那这篇文章不会是现在这个样子。文章是由自己写的,但文章的生命力是大家给的,包括之后的发表、评介、选入课本,不断经受时间的考验和挑剔,它得以生存到今天,它的生命是大家给的。

三

我是一个爱马的人,从小喜欢骑马,好在新疆当时马比较多,接触马的机会还是比内地的小孩多。我偷骑过县委拴马桩上的马;还为了骑马给赶马车的老吉师傅铡草、提水,讨好他,以求一逞;我还和牧区的哈萨克小孩交朋友,练习骑马。虽然我一生从来没有拥有过一匹自己的马,但我对马的兴趣却终老未变。基于这种天性和爱好,我对马就格外留心观察,我对马的注意程度往往超过对人。我觉得马不仅是一种会奔跑的动物,它更是有性情,有品格,通人性,知人意的朋友,它非常匀称,非常美,它能赢得人长久的倾慕和爱心,这很不简单。

因此，当我进入文学创作领域之后，很自然就容易把马作为表现对象。这和我生活的地域拥有悠久的马文化传统有着直接的关系。游牧民族对马的了解和感情，比农业民族对牛的感情更深厚，更有美感。回首检视一下我的写作，会发现，写马的内容可谓持续不断，写诗的时候就有《长鬃烈马》、《纵马》、《有一个人骑马来自远方》、《野马群》、《我爱马》、《栗色马驹》、《题昭陵六骏》、《策马行在雨中的草原》……写散文起手就是《巩乃斯的马》，还有《饮马》、《白马夕阳》、《过河》、《看那个马车夫犯错误》、《马的光辉照耀历史》、《悲鸿之马》、《马的演化》等等，大概每个人都有找到灵感的秘径，马就是我的灵感。

四

几年前我听说香港的跑马场送来十几匹赛马在南山放养，和几个朋友乘车几十公里去看它们，像是拜访老朋友。我试骑了一下，不行了，它们太高大，而我老了，不复当年坠马再上的勇气和体力。但是那些马仍然是美貌绝伦，它们黑漉漉的大眼睛似乎贮满了心思与哀愁。我当时就想，我要是有很多钱，我不捐给希望小学，我会养一群马。

前年我过六十岁生日时，空军的乔良专程从北京飞到乌鲁木齐，他送给我的礼物是一尊雕像，一个手持长矛的古典欧洲骑士，正全副盔甲骑在一匹马上。雕像的底座上镶着“永远的骑士”。

我想，作为“骑士”，我是不够格的，但是若是把他手持的长矛想象成一支笔，把他胯下的那匹马理解为我的灵感，那么就比较合适。

我愿意当这样的“骑士”，并不断赋予它新的精神。

诗、马和草原民族

草原民族在今天似乎是个日趋冷寂的话题，但是在十三世纪却是令整个欧亚大陆闻风丧胆、惊魂噩梦的形象。蒙古人不仅征服了中土，而且兵锋直抵欧洲，创建了人类历史上最辽阔的草原帝国。蒙古人作战如同围猎兽群，使众多文明的农业城邦束手无策，形同羔羊。

可以想见，宋末元初的中原江南是生存在怎样一个恐怖绝望的噩梦之中，亡国之痛，腥膻之辱，铁蹄之恨，无奈之悲，哪能以“最是仓皇辞庙日，教坊犹奏别离歌”说尽？

可是反过来看蒙古人的英雄史诗《江格尔》，又觉得可爱。一时俊杰的雄图涌动，一个汗国的兴起衰败，亦令人击节称赏、扼腕唏嘘。中国的漫长历史，说到底是田舍翁和牧羊人之间的生存斗争史。谁对谁错，站在不同立场都有不同结论。就像两个小孩为争一个苹果打架，漫长的历史只不过是人类的青少年时代。

生存方式决定了民族性格，鞭牛耕地的和骑马放羊的性格迥异。《江格尔》史诗里是这样写马的：

黄鼬般漂亮的两条前腿，
一眼就能看出快马的特征，

一双锐利的眼睛，
盯着远处的群山，
六柞耳朵前后剪动，
跃跃欲试只待出行。

表达得很天真、很亲近，比喻也奇特，这已经和中原文人笔下的马有极大分野了。我曾以为马背民族缺少文化，读过史诗《江格尔》，不敢自以为是了。只是文化形态不同罢了。史诗篇幅浩大，人物众多，波澜迭起，如编年史。是一种把诗、音乐、小说、历史融为一体的大制作，表现了高超的文化综合能力。“诗和马是草原民族的一双翅膀”，此言不谬。

长城就是农业民族和草原民族两种生存方式的分水岭，也是警戒线，草原民族兴起之时就是中原王朝灭顶之日，中原王朝强盛之时就是草原民族远遁之日。中国历史就是如此反反复复，此消彼长，长城是这部史书的装订线。

所以说，欲总结、研究中华民族的历史，不可不研究草原民族的文化和历史规律，不可不认识长城的重大历史意义和存在价值。只研究田舍翁不研究牧羊人是找不出中国历史的真谛和奥义的，而那把钥匙，就是长城。

出新书

——幸福瞬间之三

我这样一个人，究竟是为什么、从什么时候起对出书这种事发生了兴趣的呢？祖辈的宅子里没有书香气而只有牛粪味，而我也是从小生在兵营里，长大些也是好动不读书的一类。记得小时候大人问我长大干什么，那回答是响亮而早就等好的，“当骑兵！”

及长，知道了兵是不好久当的，那么当将军。我们那时幼稚的一群中，没有人怀疑自己会当到上将以下的，有一个才小学三年级，已经把全国上将以上的人物从军衔到职务倒背如流了。我们那时候是多么天真啊，都认定自己是天生的将帅之才。

没有想到过做“书生”，我们受的是兵文化的熏陶，军衣和长剑、哥萨克骑兵和顿河马是我崇拜的偶像，我没有想过一生将与诗书为伴。

不知从什么时候起，我轻而率之地丢弃了少年不知愁滋味的将军梦，仿佛丢弃一件不合身的过时衣服。我以一个补考生的身份对文学发生了兴趣，我发现，这是一个可以长久为之奋斗的、极其深奥有趣、并能使人迷醉的事物。

大约十五岁时，我梦见自己出了一本诗。那本诗集，是很薄的，封面上有几根大烟囱，烟雾均匀地弥散在封面上，像银灰色的粉末和砂粒。

我记得那本在梦里出版过的诗集题名为《烟》。我在梦中翻开它的时候，看到的诗全是陌生的，情调低沉、诗句飘忽，是我从来没有想到过的东西，但我记住了这个梦。

这个古怪的梦恐怕是弗洛伊德也无法阐释的，但是它却应了桑德堡的一句名言："一切事情开始时都是梦。"

二十多年的岁月过去了。当年"季子正年少，匹马黑貂裘"，现在只能是"老夫聊发少年狂"了。我写了诗，写了散文，我用一支笔贯穿了时间，我觉得这种生活是有趣的。我甚至有时会莫名其妙地对世界产生感恩的心理，我多么感动于这个世界容纳了我这样的人，它创造出了"作家"这样一种职业，使我不耕而食，不劳而获。那么多人都在为衣食而奔忙，为劳作而辛苦，唯有我，拥有大块自由的时间，任我飘浮思索，由着我的性子去干我感兴趣的事！

有多少人用他们的工作在为我服务啊！他们当中有些人并不读书，而且更不读我的书，但是他们所干的工作是时时为我需要的，由他们所组成的现实社会是我生存的温床。这怎么能不让我感恩呢？

有时候人们告诉我说：你在写书，你在做更艰辛的劳动。我听了以后，就在心里笑了。我干的这件事也能算作是"工作"或"劳动"吗？我其实不过是在玩，就像小孩子垒积木，大孩子打篮球一样的，完全是兴趣的驱使、天性的陶醉，没有谁要求我必须这样做，做的当儿也完全不考虑有多少价值，能换多少钱。我凭一己的兴趣而玩的结果，却被人们认可为庄严的劳动，我为此而感恩。

当我的书出版的时候，人家给我寄来了稿费。也许多一点，也许少一点，我都有点不好意思，仿佛拿了什么不劳而获的东西。人家因为我玩而给我钱，我觉得暗自好笑而沾沾自喜。

就这样，一本书又一本书从岁月中诞生出来，像一只又一只鸭子浮出水面。它们是好玩的，同时又是亲切陌生的；它们的产生和我有直接关系,但是它们长得不像我。

这些小鸭子!

它们仿佛排着队,摇摇晃晃、鹅行鸭步、嘎嘎直叫,几分怪相、几分庄严,这就显得更滑稽可笑。它们有的像唐老鸭,有的像丑小鸭,在陆地上蹒跚而行,非常笨拙,但是遇到一个池塘、一条小河、一汪水或一个大海,嗬!全变得灵活自如、从容不迫了!

我的这些鸭子也一样,它需要遇到那些藏在人心里的池塘水域,否则它将是笨拙的。它无法在陆地上和鸡们比美。

当我的第十四本"鸭子"孵出来的时候,我给它的命名是《周涛自选集》,它是精美的,厚重的,我觉得它长得比我英俊多了。它的精装有"马列"感,环套有"童话"感;那样一种晴朗夜空般的宝蓝为封面的底色,上面落定了一个四岁儿童画的灿烂小女孩的精灵!还有,扉页上的我的那张照片是印得挺好的,那是一张具有中国特色的阿兰德龙式的头像,他公然在那里向读者证明:认为作家都是丑的这种看法显然是错误的,这位划时代的美男子正是一位作家,他显然在才华和容貌上都超过了那位风流倜傥的前辈诗人徐志摩!

我久久地凝视着照片上的自己,我被我所征服。我打开自己写的书,一篇一篇地翻过去,以一个陌生读者的角度重新审视、品味着它们,我设法挑剔而又无从挑剔,我承认,它们是散发出光辉的。在这样一个边远黯淡的环境里,我竟然生长得如此光芒万丈而又不为人知……我被我所感动。

我久久地抚摸着它。从十五岁的梦境到今天的现实,我用了三十年的时间。三十年,我磨出了一柄真正的长剑,那可是用我的生命蘸着心血磨出来的。它虽然只印了三千册,但那是我的三千虎贲!这时候,我承认我所迷醉并沉浮其中的这件事,不仅配得上是工作,而且称得起是劳动和战斗。不管市场上充斥的书有多少,我的都不是伪劣品,而是真正意义的书!

我的绒毛小鸭子正在变成天鹅,鸣叫着,盘旋着,寻找属于它的精神湖泊。

瞧!人们需要它——

“你是一个自然与历史及人类心灵史、思想史的卓越游牧者,一个豪迈而意志坚定、头脑清醒睿智的孤独旅行家。在世纪末世纪初交会的地平线上,你正苦苦地找寻更多更丰富属于你最辉煌的思想和情感,馈赠给饥饿的人们。”

“未曾谋面的朋友啊,我愿长久地读你,伫望你。”

还有,人们告诉我——

“它现在就放在我的包里,任何一个环境,任何一种心境下翻开任何一页都能深深地往下读。我惊叹这本书中那种神秘的力量。如今我只想告诉你,也许你不会像有些作者那样拥有无数盲目无聊的追随者,但是你,你拥有最好的一切。”

瞧,这就是我的小鸭子变的天鹅找到的水域,古典时期把这种地方叫做“天鹅湖”。我是为他(她)们写作的,我愿意在即将属于他们的那些书上题写这样一些话语:

秋风铁马大散关,
冰河入梦小文坛。

——这是写给一位老兵的。

谁的明天都是不可预料的。

——这是写给一位青年作者的。

我甚至还给一位熟悉我的醉态的朋友题写了一首不合平仄的即兴打油诗，当然是按七律仿制的：

千金买醉口哨吹，
平生不把谁当谁。
武松斗酒快活林，
太白吸虹黄河水；
三巡已经壮武胆，
一壶方可开诗扉；
酒在瓶中为静物，
倒进腹内变魔鬼！

我意识到，我在利用这样一些机会——题赠啦，签名啦，盖章啦，延长着我对一部新书出版乐趣的享受，这是中国文人诗书画艺术的一种传统，是一种创造者和欣赏者之间的平等交流，是一种巧妙的方式，是一种费时不长而历久弥香的留念，是一种玩的境界。这就叫“把玩不已”。

我体味着幸福。

这是只有作家才能拥有的独特的幸福。

一个指挥战役的将军，当他以惊人的才略赢得胜利的时候，他或许不是幸福的，因为随着胜利呈现出来的是遍布战场的尸体，他马上由原来焦灼忧虑的心情迅速转化为痛苦伤心，中间没有给幸福留下空隙。

我很早就放弃了当将军的梦想而紧紧地抓住了书，说明我是明智的。我没有那样的勇气和胆量面对现实，我过于珍惜幸福。

不仅珍惜,而且品味。

我就是这么一个人,不是英雄但并不反对真正的英雄,生活平凡却绝不躲避伟大的崇高;我是坚强的,同时也很脆弱;我非常灵活,但难免在我认为最重要的事情上固执原则;我就是这么一个人。

“咬紧牙关,我就是我。”

我赞成冯玉祥将军的这句话。

1993年2月17日写于乌鲁木齐